ro
ro
ro

rororo

Aurélie Valognes lebt mit ihrem Mann und ihren Kindern in der Bretagne. Ihre Romane sind weltweit erfolgreich, stehen wochenlang auf den französischen Bestsellerlisten und haben bereits Millionen Leserinnen und Leser erreicht. Das verdanken sie vor allem den liebenswerten Figuren und Geschichten, die wie aus dem Leben der Nachbarn gegriffen erscheinen. Nicht umsonst schreibt Aurélie Valognes am liebsten im Café um die Ecke und lässt sich durch Erlebnisse von Freunden und Familie inspirieren – so auch zu ihrem Roman «Die Schwiegertöchter des Monsieur Le Guennec», der 2019 erschien.

Anja Malich studierte Literaturübersetzen in Düsseldorf. Nach Stationen in der Verlags- und Werbebranche übersetzt sie seit mittlerweile fast 20 Jahren Bücher aus dem Englischen und Französischen. Sie lebt mit ihrer Familie in Wien.

Aurélie Valognes

Madame Colette und das Talent zu leben

Roman

Aus dem Französischen
von Anja Malich

Rowohlt Taschenbuch Verlag

Die Originalausgabe erschien 2017
unter dem Titel «Minute, papillon!»
bei Mazarine / Librairie Arthène Fayard, Paris.

Deutsche Erstausgabe
Veröffentlicht im Rowohlt Taschenbuch Verlag,
Hamburg, August 2020

Redaktion Heike Brillmann-Ede
Covergestaltung FAVORITBUERO, München
Coverabbildung Thomas Tolstrup / Getty Images; Shutterstock
Satz aus der ITC Legacy Serif
bei Pinkuin Satz und Datentechnik, Berlin
Druck und Bindung GGP Media GmbH, Pößneck, Germany
ISBN 978-3-499-27603-3

Für Françoise und ihren Verein
in Savigny le Temple.

An alle Lesezirkel, die sich für die
Bekämpfung des Analphabetismus einsetzen und
ihre Leidenschaft fürs Lesen weitergeben.

Für Fatima Zohra, Karima, Thakun, Jabin, Amara,
Thanusha, Maria de Fatima, Marie, Waliya,
weil auf «das erste Buch ihres Lebens»
viele tausend weitere folgen werden!

Und für all diejenigen, für die ein Buch
von mir – Die Schwiegertöchter *oder*
Madame Colette *– das erste war.*

Prosit Neujahr

Rose hasste Silvester. Besonders, wenn sie den Abend allein verbringen musste. Um ihre Stimmung nach dem vermeintlich verheißungsvollen Countdown zu Mitternacht ein wenig zu heben, griff sie nach dem Handy, da sie auf eine Nachricht von ihrem Sohn hoffte. Nichts. Sie stellte sich ans Fenster und hätte dort draußen gern seine Silhouette erkannt. Doch da war niemand, außer der schwarzen Katze der Nachbarin, die vor ihren Augen die Straße überquerte.

Das hatte gerade noch gefehlt!

Um dem schlechten Omen entgegenzuwirken, nahm sie die Fernsehzeitschrift und suchte darin nach dem Horoskop. Jupiter würde sie im neuen Jahr in die Bredouille bringen, das stand wohl fest. Für Jungfrauen waren die Prophezeiungen deutlich weniger gut als im Vorjahr. Man müsse sich auf Veränderungen einstellen, nur was die Liebe betraf: *Niet! Nada! Niente!* Mal wieder.

Dann kann ich ja gleich ins Kloster gehen!

Auf dem Weg zum Müll dachte Rose an die guten Vorsätze, die man zuverlässig am 1. Januar fasste, um sie für gewöhnlich dann doch gleich wieder in die Tonne zu treten. Sie hingegen entschied, vorerst nur die leeren Verpackungen der Fertiggerichte der letzten Tage in besagte Tonne zu stopfen und die kommenden zwölf Monate zu nutzen, um ihr Leben wieder in den Griff zu bekommen. Familie, Geld, Liebe und Arbeit - in all diesen Bereichen sollte es besser laufen. Sie musste es nur genug wollen.

1. Vorsatz: optimistischer werden und nicht mehr an Vorzeichen glauben – weder gute noch böse

Wie viele im Sternzeichen der Jungfrau geborene Menschen war Rose äußerst ängstlich und malte immer gleich den Teufel an die Wand. Sie gehörte zu denen, die stets mit einer Reiseapotheke unterwegs waren, die größer war als ihr Koffer, um für alle erdenklichen Fälle gerüstet zu sein, die dann natürlich auch zuverlässig eintraten: Verbrennungen, Quallenbisse, Läuse, ein verspannter Nacken, Bindehautentzündung, Verstauchungen, Wespenstiche ... Sie hortete Medikamente für jedes erdenkliche Leiden: Kopf-, Hals-, Rücken-, Bauch- und Regelschmerzen und weitere körperliche Beeinträchtigungen, die vorübergehend auftreten könnten. Wenn sie auch nur den leichtesten Sonnenbrand spürte, dachte sie sofort: *«War ja klar, dass mir das passiert! Immer muss es mich erwischen!»*

Auch hatte sie bislang die meisten wichtigen Entscheidungen ihres Lebens dem Zufall überlassen, da sie sehr wenig Vertrauen in ihr eigenes Urteilsvermögen besaß. Wenn es um Kopf oder Zahl ging, wählte sie garantiert die falsche Seite.

2. Vorsatz: selbstbewusst werden

Rose war von Natur aus zurückhaltend, weshalb sie oft übersehen wurde. Doch ab jetzt würde sie sich nicht mehr von anderen vorschreiben lassen, was sie zu tun hatte, wenn sie damit nicht einverstanden war. Selbst wenn es weh tat, würde sie von nun an – endlich – nicht mehr mit ihrer Meinung hinterm Berg halten. Die Zeiten, in denen ihr Sohn, der zeitweise zu glauben schien, er wäre der einzige Erwachsene im Haus, alles bestimmen konnte, waren ein für alle Mal vorbei. Auch ihre ältere Schwester würde nicht mehr alles auf ihre Schultern abladen können, wenn ihr Leben mal wieder aus den Fugen geraten war, und ihre Arbeitgeber müssten ebenfalls lernen, dass sie nicht immer zur Verfügung stand.

Es war höchste Zeit, endlich die Pferde zu satteln, auch wenn sie allergisch gegen Tierhaare war.

3. Vorsatz: früher schlafen gehen

Rose musste morgens immer um 5:30 Uhr aufstehen, um pünktlich bei der Arbeit zu sein, dennoch gelang es ihr nie, vor Mitternacht ins Bett zu gehen. Die Folge war, dass man ihr die Müdigkeit ansah, was nicht gerade verführerisch war. Sie musste mehr auf sich achtgeben, und ein gesünderer Lebenswandel wäre der erste Schritt dazu.

Auch als sie schon im Bett lag, ließ sie das Handy nicht aus den Augen. Nach wie vor hoffte sie auf eine Nachricht von Baptiste. Abgesehen von ihrer Schwester, die einen gemeinsamen Abend wegen einer Grippe hatte absagen müssen, hatte ihr niemand ein frohes neues Jahr gewünscht.

Er überspannt den Bogen mal wieder.

Baptiste durfte heute zwar ausnahmsweise länger ausbleiben, aber er hätte ihr wenigstens eine Nachricht schreiben können, damit sie beruhigt sein konnte. Rose wusste, dass sie in seinem Herzen – schon seit einiger Zeit – nicht mehr den größten Platz einnahm. Doch davon würde sie sich nicht unterkriegen lassen: Im neuen Jahr wollte sie nicht mehr ängstlich und verunsichert sein! Und nicht mehr allein! Und schlaflos auch nicht!

Was? Schon 03:45 Uhr???

Altes Eisen

In der folgenden Woche nahm Rose nach einem schier endlosen Arbeitstag einen der letzten Vorstadtzüge in Richtung Noisy-le-Grand, wo sie wohnte. Sie war erschöpft und vom Regen durchnässt, aber froh, bald zu Hause zu sein. Ihre Arbeit als Kindermädchen in Paris ging mit sehr langen Tagen einher, die manchmal um 7:30 Uhr in der Früh begannen und erst um 21:30 Uhr endeten. Ab und zu dauerte die anschließende Fahrt nach Hause mit Métro und Zug sogar noch länger als gewöhnlich, weil, wie an jenem Abend, ein vermaledeiter Unfall mit Personenschaden alles aufhielt.

Er hätte sich keinen ungünstigeren Moment aussuchen können. Doch sofort schalt sich Rose selbst für diesen grausamen Gedanken. *Noch mal von vorn: der Arme!*

Die Straßen auf dem Weg vom Bahnhof zu ihrem Haus waren leer. Der einzige Mensch, dem sie unterwegs begegnete, war damit beschäftigt, Weihnachtsdekoration abzunehmen. Ansonsten kam sie nur an verwaisten Christbäumen vorbei, die sich auf dem Gehsteig stapelten und die sie lieber nicht darüber aufklärte, welches Schicksal ihnen bevorstand. Es war schlimm genug, dass man ihr die einzige Abwechslung, die sich ihr einmal im Jahr auf ihrem täglichen Weg bot, bald wieder nehmen würde. Dabei würden mit an Sicherheit grenzender Wahrscheinlichkeit bis Februar aus allen Radios die fröhlichen Lieder von George Michael und Mariah Carey plärren, was sie regelmäßig so sehr auf die Palme brachte, dass sie die erstbeste Person, die ihren Weg kreuzte, hätte erwürgen können.

Nicht vergessen, immer optimistisch bleiben!

Der Plan fürs Wochenende stand bereits fest. Sie würde mit ihrem Sohn ins Kino gehen.

Sich ab und zu etwas Schönes gönnen.

Sie könnten sich den neuesten Tarantino anschauen. Baptiste redete seit Wochen davon, und auf einem Plakat in der Métro hatte sie gelesen, dass er seit kurzem in den Kinos lief.

Die Tür zu ihrem Apartment war zweimal abgeschlossen, was ihr Sohn normalerweise nicht tat, wenn er zu Hause war. Sie betrat die kleine Drei-Zimmer-Wohnung und ging schnurstracks in Baptistes Zimmer. Leer. Und nicht einmal eine Nachricht auf dem Wohnzimmertisch, dabei war es bereits nach 23:00 Uhr. Nur die Müslischale vom Frühstück stand dort noch neben der aufgeschlagenen Zeitschrift mit dem Horoskop. Ihr Sohn hatte sich offenbar auch informiert, wie die Sterne für ihn standen. Rose überflog die Zeilen, die sie betrafen: Jungfrauen konnten sich angeblich auf eine sehr gute Woche freuen. Davon hatte sie bislang nichts mitbekommen.

Sie legte das Geld für die Überstunden in die Schachtel, die sie zwischen ihren Strümpfen versteckt aufbewahrte. Wie jedes Jahr sparte sie es für den Sommerurlaub. Dieses Jahr hatte sie sich etwas Besonderes überlegt: ein paar Tage mit Baptiste in London. Er hatte es sich verdient. In der Hotelfachschule war er fleißig und kam gut zurecht. Und offenbar war so gut wie sicher, dass er nach dem Praktikum, das er gerade absolvierte, dort übernommen würde. Sie war stolz auf ihn. Sein Erfolg war ein klein wenig auch ihrer. Sie hatte ihn alleine erzogen, und das ziemlich gut – streng, aber gerecht. Im Gegensatz zu zahlreichen Freunden aus seiner Schule war Baptiste nicht vom rechten Weg abgekommen. Er war ein freundlicher junger Mann, der natürlich bisweilen ein wenig rebellierte, aber das war in seinem Alter nicht ungewöhnlich.

Zwanzig Minuten später war er noch immer nicht da. Rose schimpfte vor sich hin. Ihre eigene Stimme nach Erklärungen suchen zu hören, warum ihr Sohn nicht nach Hause kam, beruhigte sie.

Es ist alles in Ordnung. Es kann vorkommen, dass man vergisst, sich zu melden. Und jetzt, da er volljährig ist, meint er wohl, sich so was erlauben zu können.

Rose griff nach ihrem Handy. Keine Antwort auf ihre Nachricht. Sie rief Baptiste an. Nur die Mailbox. 23:30 Uhr.

Aber wo kann er um diese Uhrzeit nur sein?

Bei seinem Praktikum konnte es vorkommen, dass er erst nach 21:00 Uhr Schluss hatte, aber dann sagte er normalerweise Bescheid. Wenn ihm etwas zugestoßen wäre, würde sie sich nie mehr davon erholen. Er war ihr Ein und Alles.

Warum meldet er sich nicht? Vielleicht ist sein Handy-Akku leer ...

Eilig suchte sie die Liste mit den Telefonnummern von Baptistes Freunden. Freddy, Thierry, Willy. Und ... Jessica.

Ich wette, sie ist schuld.

Insgeheim hoffte Rose, dass er nicht mit *ihr* zusammen war. Seit er Jessica kannte, hatte sich Baptiste stark verändert. Und nicht zum Besseren. Immer öfter war er am Wochenende unterwegs und verbrachte seine Zeit mit Jessica, anstatt zu lernen. Und selbst zu Hause redete er dauernd von ihr.

Für Rose war die Situation nur noch schwer erträglich. Ständig stritten sie sich. Vorher war er nie so frech gewesen. Aber Baptiste kannte die Regeln: Er war zwar achtzehn, doch das bedeutete nicht, dass er bei seiner Freundin übernachten durfte. Nicht, solange er unter ihrem, Roses, Dach lebte. Rose hoffte nur, dass er sich bald eine andere suchen würde. Als *Schwiegertochter* konnte sie sich diese Jessica jedenfalls nicht vorstellen.

Sie schmollte weiter. Vor lauter Sorge hatte sie nicht einmal mehr Hunger. Kein Abendessen. Stattdessen nahm sie die Schale, die ihr Sohn stehengelassen hatte, und begann energisch sie abzuwaschen. An der Innenseite klebten Müslireste, und sie rieb ungeduldig immer fester, ehe sie die Schale mit Schwung auf der Anrichte abstellte, wobei sie fast gesprungen wäre. Mechanisch deckte sie den Tisch für ihr Frühstück: ein Schale, daneben ein Esslöffel und eine Orange. Wenn sie morgens früh aufstand, gab sie sich gern der Illusion hin, jemand hätte an sie gedacht.

Während Rose darauf wartete, dass ihr unzuverlässiger Mitbewohner endlich eintraf, beschloss sie, sich schon einmal bettfertig zu machen. Sie griff nach dem Plüschtier, das zwischen den Kissen hockte. Ein kleiner Hase namens Lapinou, den Baptiste ihr vor mehr als zehn Jahren zum Muttertag geschenkt hatte. Auf seinem Bauch waren die Worte «Für meine Mama, die ich sooo lieb habe» eingestickt. Ein wenig ironisch daran war, dass er sie nie Mama genannt hatte, auch wenn sie ihm das nicht vorwerfen konnte. Daran war sie selbst schuld. Manchmal (leider ziemlich häufig) mussten Eltern improvisieren und überblickten in dem Moment nicht, welche dauerhaften Folgen eine unüberlegte, aus der Situation heraus getroffene Entscheidung haben konnte.

Rose erinnerte sich noch genau an den Tag. Sie hatte gerade als Tagesmutter angefangen und ihren Sohn gemeinsam mit anderen Kindern betreut (was heutzutage gar nicht mehr erlaubt war). Damals hatte sie ihn gebeten, sie vor den anderen Kleinen nicht «Mama» zu nennen, um nicht den Verdacht aufkommen zu lassen, sie würde ihn bevorzugen – eine Bitte, die sie nicht zu Ende bedacht hatte und die unvermeidbar zur Folge gehabt hatte, dass sie nie wieder Mama genannt worden war.

Außer von dem kleinen Hasen, den sie für jene Momente behielt, in denen sie keine Kraft mehr hatte, immer die Starke zu spielen. Ein Spielzeug aus Plüsch, mit dem sie ihre Einsamkeit teilen konnte. Ein Kuscheltier für eine alleinstehende Mutter.

Rose stand im Badezimmer und schminkte sich ab, als sie hörte, wie der Schlüssel ins Schloss geschoben wurde. Baptiste! Obwohl sie vor allem erleichtert war, konnte sie sich eine spitze Bemerkung nicht verkneifen. «Dürfte man wohl erfahren, wo du gewesen bist? Du hättest seit drei Stunden zu Hause sein sollen.»

«Hi, ich war bei Jessica.»

«Nicht unter der Woche, hatten wir vereinbart. Du musst morgen um 8:00 Uhr in der Schule sein, und ich warte nur darauf, dass du mir wieder sagst, du seist zu müde, um in den Unterricht zu gehen.»

«Werde ich nicht.»

«Warum hast du mir nicht wenigstens Bescheid gesagt? Ich bin fast gestorben vor Sorge.»

«Nun beruhig dich mal, und mach aus einer Mücke keinen Elefanten. Mein Akku war leer, das ist alles.»

«Und Jessica hat kein Telefon?»

«Hör auf damit, ich habe Hunger. Wir hatten keine Zeit zum Essen. Ist was im Kühlschrank?»

«Ich kann dir schnell was machen, wenn du willst ...»

«Da wir gerade beim Thema sind, kannst du mir ein bisschen Geld fürs Mittagessen morgen geben? Ich habe nichts mehr.»

Rose seufzte, weil sie einmal mehr das unangenehme

Gefühl beschlich, nicht mehr als ein Geldautomat zu sein. Sie zögerte. Sollte sie sich zum x-ten Mal mit ihrem Sohn darüber streiten oder einfach nachgeben und die wenigen gemeinsamen Minuten genießen? Die einzigen an diesem Tag.

Sie gab ihm fünf Euro.

«Danke ... Mehr geht nicht? Ich würde Jessica gern am Wochenende ins Kino einladen. Wir wollen in den neuen Tarantino.»

Sonst noch was? Ein Schloss, ein Auto, ein Boot? Dein Wunsch ist mir Befehl.

«Findest du nicht, dass du ein bisschen zu weit gehst? Was machst du eigentlich mit dem Geld, das du bei deinem Praktikum verdienst? Übernimm endlich ein bisschen Verantwortung für dich selbst.»

«Ich bin anscheinend zu alt, um dich nach Taschengeld zu fragen, aber zu jung, um bei meiner Freundin zu übernachten. Wie passt das zusammen?»

«Ja, das Leben ist ungerecht! Und übrigens, am Wochenende würde ich gern etwas mit dir unternehmen. Wir sehen uns ja kaum noch.»

«Stimmt, Rose, und ich muss dir noch was sagen.»

«Ich mag es nicht, wenn du schon so anfängst. Das macht mir Angst, Baptiste.»

«Setz dich bitte.»

«Ich warne dich, deine Ausbildung brichst du nicht ab. Die ziehst du dieses Mal durch!»

«Nein, keine Sorge, darum geht es nicht ...»

«Worum dann? Was ist los?»

«Jessica und ich haben beschlossen, dass wir zusammenleben wollen. Ich werde zu ihr ziehen.»

Das Leben ist ein einziger Kampf

Rose war auf einmal ganz schwindelig geworden. Zum zweiten Mal in nicht einmal vierundzwanzig Stunden. Sie saß auf dem Sofa ihrer Arbeitgeber und sah alles verschwommen. Ihre Gedanken waren vollkommen wirr.

Auch nach dem, was ihr Sohn ihr am Abend zuvor mitgeteilt hatte, hatte sie sich erst einmal setzen müssen. Danach war an Schlaf nicht zu denken gewesen.

Sie hatte sich im Bett herumgewälzt und das alles zu begreifen versucht – sich das Gehirn zermartert, bis vor ihrem Schlafzimmerfenster am Horizont die Sonne aufging. Rose war so naiv gewesen zu glauben, dass sich die Reibereien mit Baptiste von selbst geben würden. Genau wie seine Besessenheit von dieser verfluchten Jessica. Und nun hatte sie das Gefühl, versagt zu haben. Vielleicht war sie in letzter Zeit zu streng mit ihm gewesen? Hatte ihm nicht richtig zugehört? Welche Mutter trieb ihren Sohn in die Flucht? Sofort verfiel sie in das alte Muster zurück, sich selbst die Schuld zu geben.

Sie sah sich wieder am Morgen im ersten Zug sitzen, wo sie inmitten von Leuten, die von der Nachtschicht zum Schlafen nach Hause fuhren, weiter versucht hatte, mit der Nachricht zurechtzukommen. Sie war auf dem Weg zu dem kleinen Léon, dessen Mutter früh zur Arbeit musste.

Als sie ankam, hatte sie das – seltene und überraschende – Angebot von Léons Mutter angenommen, einen Kaffee mit ihr zu trinken. Obwohl der Umgang mit ihrer Chefin freundlich war, erkundigte sie sich sonst fast nie nach persönlichen Dingen. Ihre Beziehung war rein geschäftlich. Sie begegneten sich jeweils gerade lang genug, um Léons Stuhlgang, seine Abneigung gegen grünes Gemüse oder seine Probleme beim Zahnen zu besprechen. Zunächst hatte Rose geglaubt, die Mama des kleinen Léon hätte heute tatsächlich einmal genauer hingeschaut und gemerkt, wie schlecht es ihr ging und wie gut ihr ein kleines Gespräch von Frau zu Frau, von Mutter zu Mutter, jetzt täte. Ein einfacher, liebenswürdiger, menschlicher Austausch, der über das berufliche Verhältnis hinausging.

Die ungewohnte Situation hatte Rose ein wenig verlegen gemacht und sie dazu gebracht zu gestehen, wie sehr ihr der einjährige Léon ans Herz gewachsen war. Er sei ihr Sonnenschein, insbesondere in diesen Zeiten ... und dann war der Schlag gekommen, wie eine schallende Ohrfeige.

Das ist nur ein böser Traum. Es kann nicht sein. Nicht mein süßer, kleiner Schatz. Nicht, nachdem ich ein so schreckliches Jahr hatte. Warum lassen mich alle im Stich? Erst Papa. Dann Baptiste – und jetzt auch noch Léon.

«Rose, ist alles in Ordnung mit Ihnen? Ich hoffe, Sie

verstehen, dass es eine einmalige Gelegenheit für uns ist. Mein Mann wird schon ab nächsten Monat dort sein. Léon und ich folgen ihm dann ein paar Wochen später, sobald der Kleine seinen Pass hat und alles gepackt ist. So viel Veränderung! Wir sind total aufgeregt. Es hat sich alles sehr kurzfristig entschieden ...»

Na klar! Alles aufgeben und mit einem Baby ans andere Ende der Welt ziehen, das entscheidet man über Nacht!

«Natürlich werden Sie uns sehr fehlen, besonders Léon. Ich habe schon ein Empfehlungsschreiben für Sie aufgesetzt. Ein Goldstück wie Sie wird in diesem Viertel sicher problemlos eine neue Familie finden. Da bin ich mir sicher!»

Aber ja, eine Arbeit zu finden ist ein Kinderspiel, dreieinhalb Millionen Arbeitslose können das bestätigen.

«Natürlich freue ich mich für Sie, auch wenn ich ein bisschen traurig bin, meinen kleinen Léon dann nicht mehr zu sehen. Dass Sie mir schon eine Empfehlung geschrieben haben, ist sehr nett, und wenn Sie zufällig eine Familie kennen, die Interesse haben könnte, geben Sie gern meine Nummer weiter. Am Wochenende putze ich auch. Also, wenn Sie irgendetwas hören, sagen Sie mir unbedingt Bescheid.»

«Ich halte die Ohren offen. Jetzt muss ich allerdings los. Wir sehen uns am Abend. Wahrscheinlich wird es wieder spät. Diese Woche ist schrecklich, und kein Ende in Sicht!»

Wem sagen Sie das?

Dafür kann man sich nichts kaufen

Im Halbdunkel von Léons Zimmer hob sie das Büchlein auf, das aufgeklappt am Boden lag. *Aschenputtel.* Der Kleine atmete tief und gleichmäßig. Bis er aufwachte, würde es noch dauern.

Während sie das Buch zum Regal trug, blieb ihr Blick an den letzten Zeilen hängen, die davon erzählten, dass Aschenputtel heiratete, viele Kinder bekam und bis ans Ende ihrer Tage glücklich war. Selbst in dieser Geschichte ging alles gut aus. Allerdings musste sie zugeben, dass auch Aschenputtel zwischen «Es war einmal» und «Sie lebten glücklich» ziemlich viel Mist erlebt hatte. Teilweise sogar den gleichen wie sie. Rose hatte ebenfalls sehr früh ihre Mutter verloren und danach allein den Haushalt organisiert, geputzt und sich um andere gekümmert. Ihr fehlte nur die gute Fee.

Ich frage mich wirklich, wo die sich versteckt!

Rose würde sich trotzdem nicht der Versuchung hingeben und sich beschweren. Immerhin hatte sie noch Lili, ihre wunderbare große Schwester und beste Freundin. Ihre einzige Freundin, wenn sie ehrlich war. Sie telefonierten beinahe jeden Tag, um sich gegenseitig von ihren Nichtigkeiten zu erzählen. Und den Freitagabend hielten sie sich frei, um sich – nur zu zweit – zu treffen. Das war ihr kleines Familienglück. Seit dem Tod ihres Vaters war es ihnen noch wichtiger geworden, dieses Ritual beizubehalten. Lili war alles, was ihr von ihrer Familie geblieben war.

Wie zwei unzertrennliche Papageien – oder alte Jungfern!

Zu Beginn hatte Rose eigentlich recht entspannt reagiert, als ihre Schwester ihr «die Neuigkeit» mitgeteilt hatte. Lili würde am Ende des Jahres ans andere Ende Frankreichs ziehen. Sie war in ihrer Anwaltskanzlei befördert worden und sollte die Leitung der Dépendance in Marseille übernehmen. Nachdem Lili jahrelang fast ausschließlich für ihre Arbeit gelebt hatte, erntete sie nun die Früchte. Sie hatten darauf angestoßen, und es war ein gutes Gefühl gewesen, nach den schweren Zeiten, die sie beide durchgemacht hatten, endlich mal wieder etwas zu feiern zu haben.

Doch irgendwann war Rose bewusst geworden, dass ihre Schwester sich damit auch von ihr entfernen würde. Was neu für sie war. Und jetzt, da alles um sie herum zusammenbrach, wurde Rose auf einmal klar, dass sie sich dem Leben ohne Lili an ihrer Seite nicht gewachsen fühlte. Zu lernen, ohne ihre beste Freundin zu leben, würde ihr schwerfallen.

Ein Spruch ihres Vaters kam ihr in den Sinn: «Setze nie alles auf eine Karte.»

Rose hatte keine Freunde und war überhaupt selten mit anderen Erwachsenen zusammen. Sie fand es unprofessionell, auf dem Spielplatz mit den anderen Kindermädchen zu plaudern oder unterwegs einen Kaffee trinken zu gehen, selbst wenn der Kleine in seinem Buggy schlief. Die Kinder, die sie betreute, standen an oberster Stelle, über ihrem persönlichen Glück.

Nachdem sie den kleinen Léon auf die Stirn geküsst und auf leisen Sohlen das Zimmer verlassen hatte, wollte sie sich gerade einen Moment aufs Sofa setzen, als ihr Handy zu vibrieren begann. Lili.

Wenn man vom Teufel spricht ...

Normalerweise nahm sie während der Arbeitszeit nie ein privates Telefongespräch an, aber ihr fiel ein, dass ihre Schwester wahrscheinlich aufgrund der SMS anrief, die sie ihr wegen Baptiste und Léon geschrieben hatte. Deshalb machte sie eine Ausnahme. Wie immer kam Lili ohne Begrüßung zur Sache, als ob sie ein bereits begonnenes Gespräch fortsetzen würde.

«Das musste eines Tages passieren! Er ist kein Baby mehr!»

«Stopp, Lili, genau das will ich jetzt nicht hören. Du musst mit ihm reden. Ich habe dir ja gesagt, dass dieses Mädchen einen schlechten Einfluss auf ihn hat.»

«Dein Baptiste ist ein junger Mann. Er ist achtzehn! Da kannst du nicht mehr so glucken. Und sieh die Sache nicht so schwarz. Vielleicht will er nur mal ein bisschen unabhängig sein ...»

«Aber er ist unabhängig! Nach seinem Praktikum bekommt er ziemlich sicher einen festen Vertrag.»

«Du weißt genau, dass es um etwas anderes geht! Er ist achtzehn und darf nicht einmal woanders übernachten. Er braucht Luft zum Atmen!»

«Jetzt sag mir noch, dass ich ihn ersticke!»

«Das meine ich doch nicht ... Komm, mach dir keine allzu großen Sorgen. Sieh es doch mal so: Wenn er bei seiner Jessica einzieht, ist das vielleicht der sicherste Weg, dass er schon bald zu dir zurückkommt ...»

«Wie das?»

«Er ist achtzehn! Lass sie mal einen Monat lang vierundzwanzig Stunden aufeinanderhocken, dann hat sie sicher bald genug von ihm, und er wird im Laufschritt zu Mama zurückkehren, warte mal ab!»

«Ein Monat? Das ist zu lang! So lange halte ich es ohne ihn nicht aus!»

Das Tüpfelchen auf dem i

Ende Februar hatten die Lieder von George Michael und Mariah Carey die Radiosender endlich lange genug zugemüllt.

Baptiste war ausgezogen. Unauffälliger hatte noch nie jemand eine Wohnung verlassen. Während Rose bei der Arbeit gewesen war, hatte er Tag für Tag Klamotten zu Jessica getragen – in einer Sporttasche, die er abends leer wieder mitbrachte. Er hatte nur mitgenommen, was er wirklich brauchte, ohne sich mit altem Kram oder Erinnerungen aus der Schulzeit abzuplagen. Offenbar war er entschlossen, von nun an sein Leben als erwachsener Mann zu leben.

Rose hatte es während dieser Zeit nicht mehr gewagt, das Thema anzusprechen. Sie scheute die Auseinandersetzung. Sie sprachen nur noch über Belangloses, ihre jeweiligen Arbeitszeiten und das Wetter. Sie merkte, dass Baptiste nervös war. Er vermied es, mit ihr zusammen zu essen, um nicht gezwungen freundlich sein zu müssen.

Dennoch war dies alles so schleichend geschehen, dass Rose zwischenzeitlich insgeheim sogar gehofft hatte, er könnte seine Meinung geändert haben.

In dem Alter provozierten sie ja gerne mal. Vielleicht war das eben seine Art, seiner Mutter zu sagen, dass er mehr Freiheiten brauchte, ohne sie jedoch wirklich endgültig verlassen zu wollen, hatte sie gedacht. Womöglich war alles nur ein Bluff?

In dem Fall wäre Baptiste ein super Pokerspieler.

Eines Abends, als Rose nach Hause zurückgekehrt war, hatte jedoch eine seltsame Stille in der Wohnung geherrscht.

Sie hatte daraufhin beschlossen, an die Zimmertür ihres Sohns zu klopfen, obwohl ihr seit Monaten jeglicher Zutritt untersagt gewesen war. Baptiste hatte es als Eindringen in seine Privatsphäre empfunden, sodass sie nicht einmal mehr sauber machen durfte. Und Rose hatte sich gefügt. Zum ersten Mal seit langem hatte sie also gewagt, sein Zimmer zu betreten. Es war leer gewesen.

Keine Zeit, hab was Besseres vor!

Am nächsten Tag hieß es, von dem kleinen Léon Abschied zu nehmen. Die letzten Wochen waren wie im Flug vergangen. Rose ging der Moment sehr nahe, während Léon selbst gar nicht verstand, warum plötzlich alle Tränen in den Augen hatten. Er wollte nur sein Stoff-Krokodil. Schließlich gab Rose ihm in dem mit Umzugskartons zugestellten Flur das übliche Abschiedsküsschen, ehe sich die Tür für immer hinter ihr schloss.

Dass die Kinder, denen sie sich so verbunden fühlte, unweigerlich größer und selbständiger wurden und irgendwann ihr eigenes Leben lebten, ohne sie, war nicht neu für Rose. Sie versuchte, eine professionelle Distanz zu wahren, doch jedes Mal, wenn sie längere Zeit mit den hilfebedürftigen und treuherzigen Kleinen verbracht hatte, war sie wieder in die Falle getappt und hatte nicht anders gekonnt, als sie so bedingungslos zu lieben wie ihr eigenes Kind.

Ihr war klar, dass es besser wäre, weniger zu investieren. Doch wie sollte man dem Bedürfnis widerstehen, einen kleinen warmen Körper an sein Herz zu drücken und den Geruch eines Kleinkindes einzuatmen?

Sollte ihr Leben immer nur aus Zurückhaltung bestehen, um ja nicht zu viel zu geben, zu fühlen und zu lachen? Lieber hatte Rose sich zugestanden, trotz allem aufrichtig zu lieben, obgleich sie wusste, wie sehr sie unter einer erneuten Trennung leiden würde und dass sie den Familien umgekehrt nicht so viel bedeutete, dass sie nicht an sie denken würden, wenn sie beschlossen, dahin zu gehen, wohin das Leben sie führte.

Rose begnügte sich in diesen Momenten mit einem «Glückwunsch» und biss die Zähne zusammen. Auch wenn es weh tat. Genauso fühlte sie sich, wenn sie an ihre erste Liebe zurückdachte. An den Moment, als ihr Herz zum ersten Mal gebrochen wurde. Und sich nie wieder ganz davon erholt hatte.

Nun war sie wieder mit einem Abschied konfrontiert. Sie durfte auf keinen Fall die Zuversicht verlieren. Es war wichtig, stark und optimistisch zu bleiben, woran ihr Vater sie immer wieder erinnert hatte. Die Gelegenheit sehen, das halbvolle Glas wieder ganz aufzufüllen.

Außerdem war Roses Tag noch lange nicht zu Ende, obwohl es schon nach 18:00 Uhr war. Zwei Stunden Putzen bei den Nachbarn von gegenüber standen ihr noch bevor. Ein sympathisches Paar in den Siebzigern, dessen Kinder am nächsten Tag zu Besuch kamen. Sie waren ihr immer mit Respekt begegnet, was nicht selbstverständlich war, weshalb sie ihnen gern von Zeit zu Zeit zur Hand ging.

Sie nahm den Kittel aus ihrer großen Tasche, zog ihn

sich über, schlüpfte in ihre Flip-Flops, stellte auf ihrem Handy Musik ein und steckte sich die Knöpfe ins Ohr. Sie saugte, wischte, polierte und brachte alles auf Vordermann, als hinge ihr Leben davon ab. Als wäre es auch eine Frischekur für sie selbst, wenn hier alles wieder sauber roch. Vom Boden ging eine leichte Baumwollblütennote aus, die Teller verströmten einen Hauch der duftenden Creme für empfindliche Hände. Ein behagliches Nest. Blitzblank. Gemütlicher als ihre eigenen vier Wände.

Bei anderen achtete sie penibel darauf, das frisch bezogene Bett makellos glattzuziehen. Gut durchzulüften. Die Kissen aufzuschütteln und die Hausschuhe erst unter der Heizung anzuwärmen und anschließend vor den Nachttisch zu stellen. Die Flaschen, Tuben und Dosen im Bad ordentlich aufzureihen. Die Socken paarweise zusammenzurollen und die Unterwäsche zu falten. Handtücher und Bettwäsche zu bügeln. Genauso, wie sie es für ihren Sohn immer getan hatte. Für ihn schon, nur für sich selbst nicht.

Beim Staubwischen konnte sie nicht anders, als der Wohnung neues Leben einzuhauchen. Sie richtete die Bilderrahmen und arrangierte sie auf der Anrichte zu einer glücklichen Familie. Sie sortierte Bücher ein und platzierte jene besonders sichtbar, die ihrer Meinung nach gut zu ihren Besitzern passten. Sie legte die überall verteilten Postkarten zusammen und reiste in Gedanken von einem Land ins nächste. Sie, die noch nie geflogen war, ging auf Weltreise: Indien, Korea, Japan, Italien ...

Auch wenn sie sich nicht zum Putzen berufen fühlte, bemühte sie sich doch, ihre Arbeit so gut wie möglich zu verrichten. Sie wollte weniger perfekte Haushaltsfee als gute Fee sein. Eine, der es darum ging, das Leben anderer so angenehm und leicht wie möglich zu gestalten. Und eine saubere und einladende Wohnung war ihrer Meinung nach ein großer Schritt zum Glück. Rose war romantisch veranlagt, und so gelang es ihr, selbst Hausarbeit poetisch zu betrachten. Sie stellte sich etwa vor, jedes Staubkorn durch eine Prise Glück zu ersetzen.

Rose sorgte gern für das nostalgische Gefühl, das man empfindet, wenn man in das Haus seiner Kindheit zurückkehrt. Dazu gehörten ein vertrauter Geruch und das beruhigende Gefühl, dass alles noch an seinem Platz steht. Feste Orientierungspunkte als Zeugen einer beständigen Liebe, um anschließend offen zu sein für kleine Veränderungen wie neue Fotos und andere Dinge, die zeigten, dass das Leben weiterging, auch ohne die Kinder im Haus. Ja, als sie die Tür hinter sich zuzog, hatte Rose die Wohnung in einem deutlich besseren Zustand hinterlassen, als er zurzeit bei ihr selbst herrschte.

Ihr vertrockneter Kaktus könnte das bestätigen.

Als sie mit den Müllbeuteln beladen im Hof ankam, sprach eine ungefähr fünfzigjährige, elegante Dame sie an, die sie noch nie zuvor gesehen hatte. Diese hingegen schien jedoch einiges über Rose zu wissen, wie man aus ihrer ersten Frage schließen konnte, die sie unumwunden stellte: «Sie haben sich doch immer um Léon gekümmert?»

«Ähm ja, Madame. Guten Abend. Das stimmt, warum?»

«Ich hätte einen Job für Sie. Er ist sehr gut bezahlt. Und wenn ich es richtig verstanden habe, stehen Sie erst mal mit leeren Händen da, sobald die Nachbarin weg ist.»

Taktgefühl ist für sie offenbar ein Fremdwort.

«Kommen Sie Montag um 18:00 Uhr in die vierte Etage. Ich heiße Véronique Lupin», fuhr sie dann fort, ohne eine Antwort abzuwarten, und hielt ihr eine Visitenkarte hin. Darauf waren einige Worte gekritzelt, die Rose beim besten Willen nicht lesen konnte.

Auch wenn sie diese Madame Lupin alles andere als sympathisch fand, konnte sie nicht anders, als sie zu bewundern. Menschen, die derart selbstsicher auftraten, hatten immer eine solche Wirkung auf sie. Insgeheim wäre sie gern manchmal selbst so, anstatt dauernd das Gefühl zu haben, sich dafür entschuldigen zu müssen, dass sie überhaupt auf der Welt war. Diese Frau war derart überzeugt von sich, als hätte sie gerade einen Impfstoff gegen Aids erfunden. Rose steckte die Karte in die Tasche und sagte dann freundlich, aber bestimmt: «Das ist sehr nett von Ihnen, Madame Lupin. Aber ich muss mich erst einmal um einige familiäre Angelegenheiten kümmern, tut mir leid ... Und außerdem arbeite ich ja auch noch für andere Leute, mit denen ich ...»

«Bis Montag also.»

«Ähm ... ja ... bis Montag», bestätigte Rose, ohne dass ihr bewusst war, was sie gerade gesagt hatte.

Vor der eigenen Haustür kehren

Nachdem sich Rose ins Bett gelegt und in die leeren Augen ihres kleinen Stoffhasen Lapinou geschaut hatte, der offensichtlich auch keine Antwort auf all ihre existenziellen Fragen wusste, versuchte sie einmal mehr, ihre Schwester anzurufen, die seit Baptistes Auszug nicht erreichbar gewesen war und lediglich mit einer kurzen SMS reagiert hatte. Als Lili schließlich doch abnahm, redete Rose sofort drauflos: «Ich bin am Boden zerstört. Was soll ich nur machen, um die Dinge mit Baptiste wieder in Ordnung zu bringen? Ich habe Angst, dass er nicht mehr zurückkommt. Seit er zu Jessica gezogen ist, antwortet er nicht einmal mehr auf meine Nachrichten.»

«Es wird sich alles regeln! Das predigst du mir doch selbst immer. Ich habe dich schon optimistischer erlebt.»

«Ich habe ein echt ungutes Gefühl bei der Sache.»

«Ach, ich bitte dich, sei jetzt nicht wieder so abergläubisch!»

«Aber ich fühle mich einsam. Ich kann nicht mehr schlafen. Mein Leben besteht nur noch aus arbeiten, nach Hause fahren und Xanax.»

«Versuch's lieber mit Eisenkraut, das ist harmloser. Du brauchst dringend einen Tapetenwechsel und musst mal nur an dich denken. Baptiste soll begreifen, dass du nicht nur seine Mutter bist, wenn es ihm gerade passt. Hast du angefangen, dich um einen neuen Job zu kümmern?»

«Nee, noch nicht wirklich ... außer dass eine leicht seltsame Frau mir etwas angeboten hat, aber ich habe gar nicht verstanden, worum es eigentlich ging. Anscheinend hat sie über Léons Mutter von mir erfahren.»

«Los, erzähl.»

«Wir haben nicht sehr lange miteinander geredet. Sie wusste, dass ich auf Léon aufgepasst habe, und hat mir ihre Karte gegeben, auf die sie ihr ‹Angebot› gekritzelt hat. Und ich soll wohl am Montag zu einem Gespräch vorbeikommen. Aber irgendwie hatte ich danach eine richtige Gänsehaut.»

«Warum? War sie so unfreundlich?»

«Das nicht, es war eher so ein komisches Gefühl. Ich bin in meiner beruflichen Laufbahn schon vielen seltsamen Menschen begegnet, aber so etwas habe ich noch nie erlebt. Und dann hat sie mich gar nicht zu Wort kommen lassen. Ich brauche Arbeit, ja, allerdings bin ich nicht bereit, meine Seele dafür zu verkaufen.»

«Das hängt vom Preis ab, würde ich sagen.»

«Sie hat gemeint, der Job wäre sehr gut bezahlt.»

«Aha! Es ist ja nicht so, dass du im Moment wirklich wählerisch sein könntest. Sieh es positiv! Stand das nicht auch in deinem chinesischen Horoskop? ‹Risiken eingehen und Engagement zeigen›, wenn ich mich recht erinnere. Es passiert nicht alle Tage, dass ein Job quasi vom Himmel fällt. Probier's doch einfach aus. Im schlimmsten Fall kündigst du wieder. Vielleicht entpuppt es sich aber auch als die Lösung all deiner Probleme. Du machst den Job zwei Monate lang Vollzeit, scheffelst so viel Geld wie möglich und gönnst dir danach was Schönes. Lies mal vor, was sie dir genau anbietet.»

«Warte. Die Karte muss irgendwo in meiner Tasche sein. Ein Gekrakel wie von einem Arzt, ich konnte nichts entziffern ...»

«Schick mir mal ein Foto! Ich krieg das schon raus.»

Lili wusste einfach mit jeder Situation umzugehen, dachte Rose, während sie Véronique Lupins Visitenkarte fotografierte.

«Also ... ‹Suche Gesellschaftsdame. Vertrauenswürdige Person, so bald wie möglich verfügbar. Vollzeit. Sieben Tage die Woche, auch nachts. Kleine Dienstwohnung inklusive, Paris. Lohn: € 3500 pro Woche.› Wow! Das ist mehr als gut bezahlt! Entweder ist sie stinkreich, oder die Sache hat einen Haken ...»

Wie ein Goldfisch im Glas

Als Rose am darauffolgenden Montag um Punkt 18:00 Uhr an der Tür klingelte, öffnete ihr eine sehr gehetzt wirkende Véronique Lupin. «Ah, guten Tag. Sie sind pünktlich. Damit sammeln Sie gleich Pluspunkte! Gut, ich muss dann los. Sie wartet irgendwo oben auf sie. Neben dem Abendessen liegt ein Zettel, auf dem ich Ihnen noch einige Dinge aufgeschrieben habe. Auf jeden Fall ist alles vorbereitet, Sie werden sehen. Ich denke, ich bin morgen am späten Nachmittag zurück. Cannes ist meistens sterbenslangweilig, deshalb versuchen Richard und ich immer, uns nur so kurz wie möglich dort aufzuhalten. Am Stromzähler auf dem Treppenabsatz liegt ein Schlüssel, falls Sie ihn bauchen. Für den Notfall haben Sie meine Nummer! Machen Sie es gut!»

Der Vertrag? Die Konditionen? Die Aufgaben? Die offizielle Zusage? Das Vorstellungsgespräch? Der Rundgang durch die Wohnung mit der Arbeitgeberin? Die Frage, ob ich mit allem einverstanden bin? Ob noch etwas unklar ist? Ob ich einen Namen habe? Einen Vornamen? Gab es nicht mehr zu sagen als «Machen Sie es gut»?

Rose stand allein in dem riesigen Salon und musste trotz ihrer Verblüffung bewundern, wie sauber und ordentlich alles war. Nirgends lag etwas herum, kein Staubkorn war zu sehen. *Offenbar kommt hier täglich eine Putzfrau.*

Wie bei einem Loft gab es keine Zwischenwände. Und jedes Möbelstück, jeder Winkel schien von einem Designer gestaltet worden zu sein. Es war eindeutig die schönste Wohnung, die sie je betreten hatte. Dabei hatte sie erst einen verschwindend geringen Teil davon gesehen. Der ganze Raum war in ein von feinen Vorhängen gefiltertes Licht getaucht, allerdings herrschte eine eisige Kälte.

Auf leisen Sohlen machte sie sich auf die Suche nach der Treppe, die sie zu der geheimnisvollen Bewohnerin führen würde. Es gab keinerlei Hinweise. Nicht die geringste Spur. Stattdessen gespenstische Stille. Eine fast unheimlich ruhige Atmosphäre, wie sie in Horrorfilmen stets einer besonders grauenvollen Szene vorausging. Sie konnte sich nicht vorstellen, wie hier jemand leben konnte, ohne auch nur das leiseste Geräusch von sich zu geben. Rose nahm sich vor, noch fünf Minuten durchzuhalten, dann würde sie sich aus dem Staub machen. Ihr war mehr als unbehaglich zumute, und sie fühlte sich regelrecht beobachtet.

Schließlich räusperte sie sich und wagte zu rufen: «Hallo, ist hier jemand?» Gleichzeitig hielt sie weiter nach einem Hinweis Ausschau, der ihr sagte, was man von ihr erwartete. Systematisch öffnete sie jede Tür und jeden Schrank. Sie hatte das Gefühl, sich in einer Musterwohnung aus dem IKEA-Katalog zu befinden – für Reiche versteht sich, denn es war offensichtlich, dass Véronique Lupin nicht in den gleichen Geschäften einkaufte wie Rose. Alles war farblich aufeinander abgestimmt, nach Größe sortiert und auf den Millimeter genau gefaltet. Nichts wies auch nur die kleinste Unvollkommenheit auf. Als hätte vor Rose noch nie ein Mensch diese Wohnung betreten. Eine Treppe aber, über die sie eine Etage höher gelangen könnte, war nirgends zu entdecken.

Sei's drum. Sie hatte es versucht, und langsam hielt sie es nicht mehr aus. Sie bekam Platzangst in dieser Wohnung, in der es an Platz eigentlich nicht mangelte. Sie entschied zu gehen. Doch als sie die Tür hinter sich zuziehen wollte, ließ sie sich nicht schließen. Sie versuchte es mit mehr Kraft, doch irgendein Widerstand verhinderte, dass es ihr gelang.

Sie konnte doch nicht einfach gehen und die Tür offen stehen lassen. Auf der Suche nach dem Widerstand warf sie noch einen Blick in die Wohnung ... und fand sich Auge in Auge mit einer klitzekleinen Frau, die mit ihrem gesamten Gewicht an der Tür zog.

Erschrocken stieß Rose einen spitzen Schrei aus. «Sie haben mir einen Riesenschrecken eingejagt! Wer sind Sie? Und warum zerren Sie so an der Tür?»

«Das ist doch offensichtlich, oder? Damit Sie nicht gehen.»

«Ich habe die ganze Wohnung abgesucht und niemanden gefunden. Hatten Sie sich versteckt?»

«Ganz und gar nicht. Aus dem Alter bin ich raus. Haben Sie sich die Hände gewaschen?»

«Wie bitte?»

«Haben Sie sich die Hände gewaschen, als Sie gekommen sind? Ich habe gesehen, wie Sie alle Schränke und Griffe angefasst haben. Und ich wette, Sie sind mit der Métro gekommen. Wir werden die gesamte Wohnung desinfizieren müssen. Hier – antibakterielles Gel. Bedienen Sie sich.»

Eine in Latex steckende Hand hielt ihr eine Tube hin. Die kleine Frau war von Kopf bis Fuß weiß gekleidet, und wenn sie das Gesicht nicht sorgenvoll verzogen hätte, wäre Rose sofort aufgefallen, wie außergewöhnlich gut sie aussah. Sie musste um die siebzig sein, aber man konnte erahnen, dass sie einst sehr schön gewesen war. Sie hatte feine Züge, eine schlanke, drahtige Figur und blondes, kurzgeschnittenes Haar, das zurzeit feucht war.

«Ich zeige Ihnen, wo die Putzmittel stehen und wie Sie die Sachen desinfizieren. Unterdessen gehe ich duschen. Vergessen Sie die Türschlösser nicht. Dort sammeln sich die Keime besonders gern. Und geben Sie mir bitte Ihr Handy.»

«Ich verstehe nicht ... mein Handy? Warum?»

«Weil wir nicht riskieren können, dass Sie ein Gespräch annehmen und dann vergessen, sich wieder die Hände zu waschen. Wir müssen es dekontaminieren. Erst dann sind wir sicher.» Mit diesen Worten verschwand die kleine alte Dame.

Überfordert angesichts dieser grotesken Situation, hatte Rose schon die Decke nach versteckten Kameras abgesucht – ohne Ergebnis. Doch nachdem sie mehrere Minuten gewartet hatte und niemand lachend aus dem Schrank gesprungen war, um sich zu zeigen, um den Scherz aufzulösen, hatte sie sich der Realität gefügt.

Wenn sie sich recht an das erinnerte, was auf der Visitenkarte stand, gehörte Putzen eigentlich nicht zu ihren Aufgaben. Schlimm fand sie es zwar nicht, zumal ihr dieser fürstliche Lohn versprochen worden war und es bei dem Zustand der Wohnung kein großer Aufwand zu sein schien. Dennoch fragte sie sich jetzt, ob Lili Véronique Lupins Worte wirklich richtig wiedergegeben hatte? Sie wusste noch genau, wie ihre Schwester am Telefon etwas von «Gesellschaftsdame» gesagt hatte.

Rose machte sich auf die Suche nach der alten Dame, die genauso schnell verschwunden war wie zuvor erschienen. Vergeblich. Sie hörte über sich das Wasser einer Dusche rauschen, konnte aber noch immer keine Treppe entdecken. Als sie auf einmal wieder hinter ihr stand, fuhr Rose zusammen.

«Schleichen Sie sich nicht so an. Sie erschrecken mich damit!»

«Haben Sie noch nicht angefangen zu putzen?»

«Könnten Sie mir bitte mein Handy zurückgeben? Ich würde gern jemanden anrufen.»

«Nein.»

«Wie, ‹nein›?»

«Nein, es weicht noch ein.»

«Was? Sie haben mein Handy einfach ins Wasser gelegt?»

«Nein. Einige Teile Ihres Geräts trocknen bereits, andere weichen noch ein.»

«Aber man weicht doch kein Telefon ein! Ich brauche es! Was, wenn mich jemand anrufen will? Ich muss für den Notfall erreichbar sein. Geben Sie es mir sofort ... Nun machen Sie schon ... bitte!»

«Auf keinen Fall! So leid es mir tut, aber das Handy ist bis auf Weiteres konfisziert. Und so selten, wie Sie angerufen werden, besteht eigentlich kein Risiko, dass Sie etwas verpassen.»

«Sie haben in meinem Handy herumspioniert? Ich glaube es ja nicht! Ich weiß eigentlich gar nicht, was ich hier überhaupt noch mache. Geben Sie mir sofort meine Sachen zurück. Ich gehe.»

«Nein.»

«Wie, ‹nein›?», wiederholte Rose. «Sie können mich hier nicht gewaltsam festhalten!»

Die beiden Frauen funkelten sich böse an. Keine ließ die andere aus den Augen in der Hoffnung auf eine Reaktion, als plötzlich, wie eine Geistererscheinung aus dem Nichts, ein Hund auftauchte, langsam zwischen ihnen hindurchtrottete und sich dann an Roses Beinen rieb. Sie war zwar überrascht, schnalzte aber streng mit der Zunge, um ihn gleich wieder zu verjagen. Das schien den Köter zu beeindrucken, denn er verzog sich in Windeseile in eins der zahlreichen anderen Zimmer.

«Bitte, ohne mein Handy kann ich nicht gehen. Wo

haben Sie es? Ich warne Sie, wenn Sie es mir nicht geben, dann ... dann spucke ich mir in die Hände und fasse jeden einzelnen Griff in dieser Wohnung an. Und das sind weiß Gott viele.»

«Das wagen Sie nicht!»

«Ach nein? Und woher wollen Sie das wissen?»

Rose versuchte, ruhig zu bleiben, doch ein leichtes Zittern in ihrer Stimme verriet sie.

«Man sieht sofort, dass Sie eine Frau sind, die sich nichts traut.»

Diese Bemerkung versetzte Rose einen Stich. Wie konnte diese Frau, die sich benahm, als hätte sie einen leichten Sprung in der Schüssel, und die sie gerade erst kennengelernt hatte, den Finger so genau in die Wunde legen? War es derart offensichtlich? Rose hielt dem Blick weiter stand. In ihrem Kopf hörte sie eine Melodie von Ennio Morricone aus dem Film *Zwei glorreiche Halunken.*

«Ach ja? Das werden wir ja sehen», erwiderte sie mit rauer Stimme.

«Nein, das werden Sie nicht tun. Und außerdem, *Rose*, kommen Sie hier nur schwer wieder weg ohne Fahrkarte ...», höhnte die alte Dame und hielt Roses Monatskarte hoch, die noch vom Desinfektionsmittel tropfte.

Die Segel streichen

Der Abend zog sich schier endlos hin. Erschöpft von dem Psychokrieg mit der verschrobenen Alten, war Rose mehr als froh, als sie endlich wieder zu Hause war. Die Stunden als Gesellschaftsdame hatten sie vollkommen verunsichert, insbesondere wusste sie nun gar nicht mehr, was von ihr erwartet wurde. Nachdem die alte Dame erneut geduscht hatte, war sie lange damit beschäftigt gewesen, Fußleisten und Griffe abzuwischen. Mangels Alternativen hatte Rose ihr schließlich geholfen, auch wenn sie sich ernsthaft gefragt hatte, ob man die Oberflächen überhaupt noch sauberer bekäme, als sie schon waren.

Anschließend war Madame Lupin einfach schlafen gegangen. Zuvor hatte sie Rose eine gute Nacht gewünscht, als wäre nichts gewesen. Mehr hatte sie nicht von sich gegeben. Rose kannte nicht einmal ihren Vornamen.

Die Stille, die Rose in ihrer Wohnung empfing, fand sie an diesem Abend unerträglich. Ihr Zuhause kam ihr plötzlich schäbig, eng und bedrückend vor. Ob es daran lag, dass ihr Sohn nicht mehr da war, oder an der riesigen Designer-Residenz, in der sie die letzten Stunden verbracht hatte, vermochte sie nicht zu sagen. In den letzten Nächten hatte sie sich angewöhnt, in Baptistes Bett zu schlafen. Sie betrachtete das einsam zurückgelassene Foto von ihnen beiden auf dem Schreibtisch. Es war zwei Jahre zuvor im Baskenland aufgenommen worden. Ein Selfie, auf dem sie beide strahlend lächelten. Damals war Baptiste noch nicht größer als sie gewesen. Nein, zu dem Zeitpunkt war er noch nicht über sie hinausgewachsen. Sie erinnerte sich, dass er in diesem Urlaub beschlossen hatte, auf die Hotelfachschule zu gehen. Vom Campingplatz aus hatte er die ganze Zeit sehnsüchtig auf das Hotel «Palais de Biarritz» geblickt. Der Reiz, sich damit einem glamouröseren Leben zu nähern als jenem, das sie selbst ihm bieten konnte, war dabei sicher nicht unerheblich gewesen.

Trotz der späten Stunde klingelte Roses Handy. Erstaunlicherweise war es nach dem unvorhergesehenen Bad noch funktionstüchtig. Sie beeilte sich, danach zu greifen, weil sie von ganzem Herzen hoffte, es könnte Baptiste sein. Doch auf dem Display erschien das Bild ihrer Schwester, die ihr lachend die Zunge rausstreckte. Lili hatte das Foto aus vielen anderen ausgewählt, und seitdem kündigte es jeden ihrer Anrufe an. Rose nahm das Gespräch entgegen.

«Und? Wie ist der neue Job?»

«Hör auf. Eine Katastrophe! Morgen gehe ich da sicher nicht wieder hin, da kannst du Gift drauf nehmen.»

«Warum nicht?»

«Ich habe ja neulich schon gesagt, dass mir diese Véronique nicht geheuer ist. Und ja, was soll ich sagen, ihre Mutter ist noch viel schlimmer, wenn auch in anderer Hinsicht, die hat echt einen Tick.»

«Einen Tick? Wie meinst du das?»

«Stell dir vor, du hast eine Blasenentzündung und kannst nicht anders, als dauernd auf die Toilette zu rennen, um zu pinkeln. So ähnlich ist es bei ihr auch. Sie wäscht sich alle zehn Minuten die Hände und hat einen krankhaften Sauberkeitswahn. Allein während ich dort war, hat sie vier Mal geduscht!»

«Nun ja ... das klingt immerhin nicht so, als hätte sie nicht mehr alle Tassen im Schrank.»

«Leider doch. Es ist nicht so, dass sie sabbert und keine Kontrolle mehr über sich hätte, aber einen Knall hat sie schon. Zum Beispiel hat sie mir dauernd versichert, dass sie mich gar nicht brauche. Dass ich mich geirrt habe und ihre Tochter niemals jemanden einstellen würde, um sich um sie zu kümmern. Als ich ihr dann vorgeschlagen habe, gemeinsam ein Stück spazieren zu gehen, hat sie sich am Türgriff festgeklammert und gebrüllt, sie wolle nicht raus, nie mehr!»

«Für leichte Fälle stellt niemand eine Gesellschaftsdame ein, oder hast du das etwa geglaubt? Was hat denn diese Véronique zu dir gesagt?»

«Nichts, das ist es ja gerade. Stell dir vor, als ich kam, ist sie gleich gegangen und hat mich mit dieser Verrückten allein gelassen, ohne mich auch nur irgendwie einzuweisen. Ach doch, sie hat gesagt, das Essen sei vorbereitet. Alles Fertiggerichte: mittags Gänseleberpastete, abends irgendein Püree mit Fischeiern.»

«Moment mal ... Die Tochter hat dich mit ihrer Mutter allein gelassen? Ohne dich überhaupt zu kennen?»

«Genau. Sie kommt erst morgen am späten Nachmittag zurück.»

«Solltest du nicht auch dort übernachten und dich rund um die Uhr um ihre Mutter kümmern?»

«Ich weiß nicht genau, das hat sie nicht ausdrücklich gesagt ...»

«Du bist wohl selbst nicht mehr ganz klar im Kopf, Rose! Warum, glaubst du, geht der Job mit einer kleinen Dienstwohnung einher? Du sollst dort übernachten, um für den Fall der Fälle zur Stelle zu sein. Das ist unterlassene Hilfeleistung bei Gefahr im Verzug. Dafür kannst du fünf Jahre ins Gefängnis gehen.»

«Was für eine Gefahr? Lass nicht immer die Anwältin raushängen! Und übrigens habe ich nicht einmal einen Vertrag unterschrieben. Gesetzlich bin ich also zu gar nichts verpflichtet.»

«Und dein Gewissen? Wenn sie versucht, sich was zu essen zu kochen, und dabei das Haus in Brand steckt?»

«Mist! Du hast recht. Ich rufe dich an, wenn ich wieder dort bin. Den letzten Zug um Mitternacht müsste ich gerade noch kriegen. Aber wenn Véronique morgen nach Hause kommt, lass ich sie mitsamt ihrer Pastete und den Fischeiern sitzen!»

«Ich glaube, es handelt sich um Foie gras und Kaviar, meine Liebe ...»

So verkehrt ist sie gar nicht

Nachdem sich Rose mit dem Schlüssel, der auf dem Treppenabsatz versteckt war, Zugang zu Véronique Lupins Wohnung verschafft hatte, sah sie die alte Dame im Nachthemd auf dem weißen Sofa sitzen und ins Leere starren. Sie wirkte vollkommen ruhig. Ganz anders als zuvor.

Rose war die Situation unangenehm. Sie fühlte sich, als würde sie ungebeten in die Privatsphäre einer alten Dame eindringen. Außerdem fand sie die Atmosphäre in der Designer-Wohnung nach wie vor unheimlich. Die wahrscheinlich von Véronique Lupin ausgesuchten Möbel wirkten zusammen mit der peniblen, absolut staubfreien Ordnung und der Eiseskälte aus der Klimaanlage ungemütlich und leblos. Selbst der Bonsai, die einzige Pflanze in der Wohnung, war kahl wie ein Laubbaum im Winter.

Neben der alten Dame lag eingerollt der kleine Köter, den Rose den ganzen Abend angezischt hatte. Sie war allergisch gegen Hunde, was diese offenbar spürten, denn aus unerklärlichen Gründen kamen sie zuverlässig zu ihr, um sich an ihr zu reiben und Haare auf ihrer

Kleidung zu hinterlassen. Auch dieser Zwergspitz bildete keine Ausnahme. Kaum hatte er sie wahrgenommen, kam er auf sie zugelaufen und sprang an ihr hoch.

«Husch, weg, du *Wurm*!»

Als die alte Dame ihre Stimme hörte, erwachte sie aus ihrer Erstarrung und drehte den Kopf zu Rose, die sie daraufhin scheu anlächelte. «Erinnern Sie sich an mich? Ich bin Rose und kümmere mich um Sie.»

«Ich habe kein Alzheimer. Ich weiß genau, wer Sie sind. Sie sind die, die keine Freunde hat. Die, die glaubt, sie sei hier, um sich um mich zu kümmern, mich dann aber bei der erstbesten Gelegenheit sitzenlässt.»

«Äh ...»

«Ich bin vielleicht alt, aber nicht doof. Nur sehr pingelig, was Sauberkeit betrifft, und in der Welt da draußen fühle ich mich eben einfach nicht wohl. Meine Tochter meint, ich stelle mich an. Deshalb gehen wir uns lieber aus dem Weg. Ich lebe nachts und sie tagsüber. Ist besser so.»

Die kleine Frau verschwand in der Küche und kehrte mit einer beeindruckenden Erdbeer-Charlotte zurück. «Möchten Sie ein Stück? Ich habe sie gemacht, als Sie *geflüchtet* sind. Ich weiß nicht, was Sie vorhin geritten hat, als Sie versucht haben, mir dieses supersalzige Zeug mit Kaviar vorzusetzen. Mein kleines Laster ist Kuchen. Bedienen Sie sich!»

Zögernd griff Rose nach dem Teller, den Madame Lupin ihr hinhielt. Sie hatte seit Tagen keinen Appetit, doch nun verlangte ihr Magen plötzlich, dass sie das

Angebot annahm. Die Torte sah verführerisch aus, aber sie hatte *Schneewittchen* gelesen. Auch wenn sie nach wie vor daran glaubte, eines Tages ihren Prinzen zu finden, fürchtete sie sich doch vor der mörderischen Stiefmutter.

Unter strenger Beobachtung der alten Dame probierte sie dann aber und stellte fest, dass es himmlisch schmeckte.

«Gut, stimmt's? Hab ich doch gesagt. Und sie ist ganz leicht zuzubereiten. Ich kann es Ihnen zeigen, wenn Sie mögen. Wenn Sie erst Kinder haben, wird diese Torte bei Ihnen sicher der Hit sein.»

«Ich habe schon einen Sohn. Er ist achtzehn.»

«Achtzehn? Welch undankbares Alter! Ich wünsche Ihnen gute Nerven! O ... Entschuldigung ... ‹Glückwunsch›, wollte ich natürlich sagen. Kochen und backen Sie denn?»

«Das war beides noch nie mein Ding. Niemand hat es mir beigebracht, und jetzt ist es zu spät.»

«Papperlapapp! Es ist überhaupt nicht zu spät. Sie sind gerade mal vierzig, da kann man doch noch was lernen. Und Ihr Mann? Sorgen Sie nicht für sein leibliches Wohl?»

«Sechsunddreißigeinhalb und ...» Rose beendete den Satz nicht.

«Gut, man kann nicht alles haben. Wenn das Leben es besser mit Ihnen gemeint hätte, wären Sie wahrscheinlich auch nicht hier, oder täusche ich mich?»

Roses Schweigen sprach Bände. Sie schob sich noch

ein wenig von dem Kuchen in den Mund, um nicht antworten zu müssen (und weil er wirklich köstlich war).

«Wenn ich das Leben führen würde, das ich verdient hätte, würden meine Enkelkinder jetzt Abitur machen, wir gingen ins Theater, und ich nähme sie mit zu Ausstellungen. Dass sich meine einzige Tochter weigern würde, ein Kind zu bekommen, um ja kein Gramm zuzunehmen, konnte ja keiner ahnen. Vielleicht fällt Ihnen übrigens auf, dass es hier ein wenig frisch ist. Die Klimaanlage kühlt die Wohnung auf 15 Grad runter, das ist Teil ihrer Kryotherapie, die sie macht, um noch weiter abzumagern. Sogar ihr Hund friert so sehr, dass er zur Klette wird.»

Als sie sich langsam erhob und sich dem Drehspiegel näherte, hinter dem sich die Treppe verbarg, trottete der Spitz prompt treu hinter ihr her.

«Ich gehe jetzt schlafen, und das sollten Sie auch tun. Es ist fast 2:00 Uhr. Ihr kleines Studio befindet sich ganz oben unter dem Dach. Ich nehme nicht an, dass Véronique Ihr Bett bezogen hat. Bedienen Sie sich in den Schränken. Morgen ist sie wieder da, und Ihr Martyrium hat ein Ende. Ich bin übrigens Colette. Gute Nacht!»

Nervensäge

Rose wartete im großen Salon darauf, dass Colette – einmal mehr – zu Ende geduscht hätte und wieder nach unten käme. Nachdem sie auch mehrere Minuten später nicht erschienen war, beschloss sie hinaufzugehen, um nach ihr zu sehen. Wahrscheinlich wollte Colette lieber in ihrem Apartment bleiben. Was Rose nicht unrecht wäre.

Sie fand die alte Dame schließlich in der Bibliothek, wo sie die Zeitung las. Der kleine Hund lag zu ihren Füßen. Ihr Haar war noch feucht.

«Guten Morgen, Colette. Haben Sie gut geschlafen? Ich habe Ihnen von der Bäckerei unten ein Croissant mitgebracht. Wenn ich es richtig verstanden habe, mögen Sie Süßes.»

«Das ist sehr nett von Ihnen. Es ist lange her, seit ich das letzte Mal in der Bäckerei war. Sie haben dort immer die besten *chouquettes* gemacht. Sie wissen schon, diese kleinen Windbeutel mit Hagelzucker drauf. So gut habe ich sie selbst nie hingekriegt. Bedient dort noch immer Isabelle? Und Christophe, ihr Mann, ist er noch in der Backstube?»

«Ähm, ich weiß nicht, wahrscheinlich. Sie sah aus wie eine Isabelle, wenn ich so darüber nachdenke. Was möchten Sie denn heute gern machen, Colette?»

«Ach, wissen Sie, ein bisschen lesen und dann duschen. Meine Kreuzworträtsel lösen und noch mal duschen. Ein Stück Kuchen essen und anschließend duschen. Während Sie die Zimmer meiner Tochter saubermachen. Ich bin nach wie vor davon überzeugt, dass Véronique Sie mehr braucht als ich. Wissen Sie, sie ist ein echter Schmutzfink. Auch wenn man über so etwas eigentlich nicht spricht, aber ich wünsche Ihnen nicht, dass Sie über eins ihrer Höschen stolpern.»

Rose verzog das Gesicht. Viel lieber würde sie mehr über die alte Dame erfahren – und vor allem rausgehen. Nachdem es wochenlang trüb und regnerisch gewesen war, strahlte draußen nun endlich die Mai-Sonne.

«Sie hätten nicht zufällig Lust auf einen kleinen Spaziergang im Park? Die Entenküken sind gerade geschlüpft, und heute Morgen war dort richtig was los. Wir gehen ganz langsam. Ohne Stress. Der ganze Tag liegt vor uns.»

Höflich – aber bestimmt – lehnte Colette den Vorschlag ab, den sie als grotesk empfand, als unten das Festnetztelefon klingelte. Rose eilte die Stufen hinab und griff nach dem Hörer. Sicher rief Véronique Lupin an, die für den Nachmittag ihre Rückkehr ankündigte.

Rose war wild entschlossen, ihrer Auftraggeberin ein paar passende Takte zu sagen. Sie wollte dieses Kasperletheater so schnell wie möglich beenden. Colette wollte keine Unterstützung, und Rose war sich noch nie derart überflüssig vorgekommen. Sie wollte sich endlich um das kümmern, was ihr wirklich wichtig war, anstatt ihre Zeit bei den Lupins zu verschwenden. Sie wollte sich mit Baptiste versöhnen. Auf ihre Anrufe und SMS reagierte er nicht. Doch Rose würde nicht aufgeben, bis sie wieder einen Weg zu ihm gefunden hätte. Vielleicht machte es ihr Angst vor der eigenen Zukunft, die alte Dame einsam, zurückgezogen in dieser Wohnung und von ihrer Tochter im Stich gelassen zu erleben. Jedenfalls hatte sie mehr denn je das Bedürfnis, die Dinge mit Baptiste wieder ins Lot zu bringen und die alte Vertrautheit zwischen ihnen wiederherzustellen, auf die sie vor nicht allzu langer Zeit noch so stolz gewesen war. Als sie am anderen Ende der Leitung die schrille Stimme vernahm, die dem Raben aus La Fontaines Fabel Konkurrenz machte, wusste Rose sofort, dass es sich tatsächlich um Véronique Lupin handelte.

«Endlich! Wie langsam sind Sie eigentlich? Vielleicht ist es noch nicht zu Ihnen durchgedrungen, aber ich hasse es zu warten. Zeit ist der einzige Luxus, den ich mir nicht erlauben kann. Ich bezahle Sie nicht, damit Sie auf meinem Sofa rumsitzen und dem Telefon beim Klingeln zuschauen. Hören Sie zu. Mein Akku ist fast leer, und vor allem wiederhole ich mich nur sehr ungern. Was ich sagen wollte: Diese blöden Fluglotsen streiken schon wieder, und Richards Jet kann nicht abheben, weshalb wir wohl die ganze Woche im Martinez in Cannes bleiben müssen. Es ist eine Katastrophe, ich habe gar nicht genug anzuziehen. Am Ende werde ich noch den unfähigen *personal shopper* des Hotels losschicken müssen. Egal, seien Sie so freundlich und kümmern sich noch fünf Tage um sie. Sie ist ein wenig eigen und eine sehr gute Schauspielerin, aber sehen Sie zu, dass sie genug isst und Sie regelmäßig mit ihr rausgehen. Spätestens Sonntag am frühen Abend sind wir zurück. Lassen Sie sie bis dahin auf keinen Fall allein, sie ist immer so schnell deprimiert.»

«Ähm ...»

«Umso besser, wenn alles gut läuft. Dann habe ich schon mal eine Sorge weniger. Und seien Sie nicht so passiv, meine Güte! Werden Sie endlich aktiv. Zu einem hohen Lebensstandard gehört nicht zuletzt auch die Qualität der Angestellten. Also, ich will Sie nicht länger aufhalten ...»

«Madame Lupin, warten Sie. Am Sonntag kann ich nicht.»

Der gleichmäßige Piepton machte Rose unmissverständlich klar, dass das Gespräch beendet war. Benommen drehte sie sich noch mit dem Hörer in der Hand um und sah Colette am Fuß der Treppe stehen, die sie mitfühlend anschaute.

«Sie Arme! Anscheinend sitzen Sie hier noch ein paar weitere Tage fest. Ich hoffe, Sie hatten nichts Besseres vor.»

Wie Feuer und Wasser

Rose vermochte nicht zu sagen, ob sie oder Colette enttäuschter über die Verlängerung war. Jedenfalls wirkte die alte Dame keineswegs verwundert, so als sei sie daran gewöhnt, dass ihre Tochter ihr Programm ständig änderte. Nur müde und überdrüssig. Ihr war anzusehen, dass sie genug davon hatte, die zurückgelassene Alte zu sein und zudem noch eine Last für Rose, die wiederum nicht verbarg, wie viel lieber sie sich jetzt um ihre familiären Probleme kümmern würde.

Da Colette einmal mehr duschen gegangen war, schrieb Rose ihr eine Nachricht, dass sie in dem kleinen Laden an der Ecke ein paar Besorgungen machen würde. Als sie an dem Café vorbeikam, in dem sie früher schon ab und zu eingekehrt war, grüßte der Kellner sie mit einem diskreten Kopfnicken, auf das sie, beladen, wie sie war, mit einem scheuen Winken reagierte. Sie hatte hauptsächlich tiefgefrorene Fertiggerichte eingekauft, dazu Käse, ein wenig Aufschnitt, dicke Tomaten, Kuchen und Trockenfutter für *Bello*.

Die Einkäufe fanden locker in Véronique Lupins leerem Kühlschrank Platz, nur ein Gefrierschrank war nirgends zu finden. Rose konnte es kaum glauben: eine dreigeschossige, mehr als zweihundertfünfzig Quadratmeter große Wohnung und kein vernünftiger Gefrierschrank. Es gab lediglich ein winziges, schlecht schließendes Fach, in dem sie all die Tiefkühlgerichte, die sie gekauft hatte, nie und nimmer unterbringen würde. Sie begann zu schwitzen und sah keine andere Möglichkeit, als die Vorräte im Kühlschrank zu lagern, wo sie nicht sehr lange genießbar wären, was bedeutete, dass sie in den kommenden Tagen wohl für vier würden essen müssen.

Als Colette fertig geduscht hatte und Roses Verzweiflung bemerkte, schlug sie behutsam vor: «Haben Sie die Kryokabine in Erwägung gezogen? Hinten in Véroniques Ankleidezimmer?

«Glauben Sie nicht, dass Véronique etwas dagegen hätte?»

«Doch. Aber tun Sie immer nur, was man Ihnen erlaubt? Dann muss Ihr Leben ja ziemlich traurig aussehen ...»

Da sagen Sie was!

Rose warf der alten Dame einen interessierten Blick zu, ehe sie sich beeilte, die Tiefkühlwaren unter dem strengen Blick des Zwergspitzes in die Kryokabine zu bringen.

«Hör auf, mich so anzuknurren, *Xanax*, sonst setz ich dich auch gleich da rein! Ich tu doch gar nichts Schlimmes! Ich prüfe nur, ob Madames Kältekammer funktioniert. Auch wenn ich mich frage, wie sie es länger als zehn Sekunden darin aushält. Könnte auch ein Kühlhaus auf einem Schlachthof sein oder etwas noch Übleres. Und jetzt hör endlich auf, mir an den Beinen zu kleben, wenn du nicht als *Mister Freeze* enden willst!»

Schweigend saßen sich Rose und Colette anschließend in der Küche gegenüber. Jede von ihnen hatte eine schon abgekühlte Tasse vor sich stehen. Rose hatte vergeblich versucht, ein Gespräch in Gang zu bringen – Colette starrte nur stur auf die Anrichte, als liefe hinter den Glastüren ein spannender Film. Sie war wirklich eigen. Tagsüber war die Welt für sie offenbar grundsätzlich düster und hellte sich erst abends auf. Oder andersherum? Rose wurde einfach nicht schlau aus ihr. Abermals versuchte sie, das Eis zu brechen: «Wir müssen auch nicht miteinander reden. Nur verginge die Zeit dann eindeutig schneller ... fünf Tage, das sind immerhin hundertzwanzig Stunden. Ein bisschen könnten Sie sich schon bemühen. Das Wetter ist wunderschön, und es ist eine Schande, bei dem Sonnenschein hier drin zu sitzen. Ihre Tochter hat mir gesagt, Sie neigen dazu, depressiv ...»

«Ich und depressiv? Das ist ja wohl die Höhe», ereiferte sich Colette gekränkt. «Im Gegensatz zu Véronique werfe ich mir nicht dauernd Pillen ein. Und ich habe keine Lust, mit Ihnen über Dinge zu reden, die Sie nichts angehen. Nehmen Sie es nicht persönlich, aber das Verhältnis zwischen meiner Tochter und mir ist ganz allein unsere Sache. Und rausgehen werden wir sicher nicht! Behalten Sie Ihre Superideen lieber für sich. So ein Aufwand, nur um ein paar kleine Entchen anzugucken, die hinter ihrer Mutter herwatscheln. Davon werden Sie bald genug haben.»

Nach dieser Tirade wandte Colette den Blick wieder auf die gegenüberliegende Wand und hüllte sich in Schweigen. Einen Moment lang überlegte Rose, ob sie in ihr kleines Studio hinaufgehen und die alte Dame in ihrer Tatenlosigkeit sich selbst überlassen sollte, was sie mit ihrem Gewissen dann aber doch nicht vereinbaren konnte. Wenn sie nun stürzte ...

Deshalb beschloss Rose, sich einen Liebesroman aus der umfangreichen Bibliothek zu nehmen und sich die Zeit mit Lesen zu vertreiben. Sie liebte kitschige Geschichten.

Colette sah sie einige Minuten lang von der Seite an und kommentierte dann: «Sie mussten sich ausgerechnet für das einzige Buch entscheiden, das nicht mir gehört ... In Büchern wie diesem gibt es immer ein Happy End, aber wer glaubt denn noch daran?»

«Ich. Und ich hoffe sehr darauf, dass auch ich noch das Glück haben werde, den Richtigen zu treffen und mit ihm ein neues Leben zu beginnen. Die Zeit vergeht wie im Flug, aber so ganz zum alten Eisen gehöre ich ja noch nicht.»

«Im Gegensatz zu mir, meinen Sie?»

Rose beäugte Colette aus dem Augenwinkel, um sicherzugehen, dass sie es scherzhaft meinte, merkte dann aber, dass die alte Dame tatsächlich gekränkt war.

«Aber, Colette? Was glauben Sie denn? Natürlich war

das nicht auf Sie bezogen. Ah, dieser Hund, der mir die ganze Zeit die Zehen leckt – ich kann ihn nicht mehr ertragen! Es reicht, *Pastis*! Ich gehe jetzt mit ihm in den Park, das bringt uns auf andere Gedanken. Und Sie wollen wirklich nicht mit, Colette?»

«Auf keinen Fall!»

«Wir werden nicht lange weg sein. Brauchen Sie etwas? Kaviar? Oder Foie gras?»

«Ich glaube, Sie haben recht. Dieses gezwungene Zusammenleben überstehen wir keine fünf Tage.»

Blöder Hund

Es war Sonntag und damit der Tag, an dem Véronique Lupin endlich am späten Nachmittag zurückkehren sollte. Rose und Colette waren angespannt. Eigentlich hätten sie froh sein sollen, dass es ihr letzter gemeinsamer Tag war, doch es blieb der schale Beigeschmack, versagt zu haben, oder vielmehr, noch nicht miteinander fertig zu sein.

Als Véronique an der Tür klingelte und ihr geöffnet wurde, fragte sie sich im ersten Moment, wer die Unbekannte sein mochte, der sie gegenüberstand. Sie konnte sich einfach nicht mehr daran erinnern, wie die Frau aussah, die sie eingestellt hatte, geschweige denn an ihren Namen.

Rose bekam also – endlich – die Chance, sich vorzustellen, ehe sie Véronique versicherte, dass alles gut gelaufen sei.

Diese antwortete daraufhin: «Nein, park dein Auto bei dir. Ich stelle nur schnell meine Sachen ab und hole dich dann in zwanzig Minuten mit dem Mini ab. Wer ist im Racing?» Erst in diesem Moment verstand Rose, dass sich Véronique über Bluetooth-In-Ear-Kopfhörer mit jemand anderem unterhielt, wahrscheinlich mit ihrem Lebensgefährten Richard, dem Schönheitschirurgen, der, bei genauerem Hinsehen, an seiner Partnerin wohl schon mehrfach tätig geworden war.

Willkommen beim Tanz der Vampire!

«Wo ist sie?»

Sie wiederholte den Satz bereits zum dritten Mal, und Rose sah buchstäblich die Dampfwölkchen vor ihrer Nase. Sie dachte gerade, dass Richard noch nicht sehr lange mit Véronique zusammen sein konnte, wenn ihm bislang entgangen war, dass sie es nicht ertrug zu warten, als diese ihre grünen Augen auf Roses (braune) richtete und die Frage zum vierten Mal stellte.

«Ach, ähm ... Sie haben mit mir geredet? Ich nehme an, sie ist oben in der Küche. Dort war sie jedenfalls, als ich runtergegangen bin, um Ihnen zu öffnen.»

Daraufhin pfiff Véronique zweimal kurz und schrill: «Pépette!!! Komm runter, wir gehen raus! Ach, Ihr Geld! Das hätte ich jetzt fast vergessen. Hier haben Sie es, und nun können Sie nach Hause gehen. Ich ruf Sie nächste Woche an, um Ihnen zu sagen, ob wir unser ‹gemeinsames Abenteuer›, wie die jungen Leute im Fernsehen es gern nennen, fortsetzen werden. Ich möchte erst einmal sicherstellen, dass wirklich alles gut gelaufen ist.»

Benommen starrte Rose auf das Bündel Geldscheine in ihrer rechten Hand und kam zu dem Schluss, dass dies nicht der richtige Moment war, um vom Leder zu ziehen. Das würde sie am Telefon machen, wenn die Schnepfe sie noch einmal anrief. Falls sie es täte. Wenn sie ihre Nummer überhaupt noch fände. Und wenn es Rose gelänge, zu Wort –

In dem Moment sah sie den kleinen Hund die Treppe hinuntersausen und an der weißen Hose seines Frauchens hinaufspringen. Aufgeregt wie nie zuvor schnüffelte er an ihrer Tasche.

«Waren wir auch brav, meine Hübsche? Haben wir uns eine kleine Belohnung auch wirklich verdient?», fragte Véronique mit einer leicht dümmlichen Stimme, wie manche sie Babys gegenüber verwendeten.

Dann nahm sie ein fein belegtes Canapé aus einem sehr edlen Karton, in den der Name *Lenôtre* eingeprägt war, und schickte sich an, es dem Zwergspitz zu geben, blickte zuvor aber noch einmal auf. «Antworten Sie auch manchmal auf Fragen, die man Ihnen stellt?», fuhr sie Rose kühl an.

Ich frage mich ernsthaft, wofür sie überhaupt eine Kältekabine braucht, sie ist doch jetzt schon ein Eisberg!

«Entschuldigen Sie, Madame Lupin, aber ich wusste nicht, dass die Fragen an mich gerichtet waren, und auch nicht, dass sie einer Antwort bedurften.»

Ist ihr überhaupt bewusst, in welchem Ton sie mit mir spricht, diese Hexe? Die hat ja mehr Respekt für ihren Hund als für mich.

Der kleine Kläffer sprang immer ungeduldiger an Véroniques Bein hoch, was sie mit einem finsteren Blick ahndete.

«Ja, sie hat es verdient.» Rose seufzte.

«Na, geht doch», erwiderte Véronique schnippisch.

«Ob *Sie* Ihren Platz bei uns verdient haben, da bin ich mir hingegen nicht so sicher. Ist Ihnen denn an ihrem Fell nichts aufgefallen? Es ist nicht mehr weiß, sondern braun. Sind Sie mit ihr in der Gosse spazieren gegangen, oder was? Und wie oft war sie im Hundesalon? So, wie sie aussieht, haben Sie hoffentlich wenigstens kein Trinkgeld gegeben.»

Während Rose anscheinend hätte wissen müssen, dass sie auf die vorhergehenden Fragen zu antworten hatte, erwartete *Madame* auf diese Tirade offenbar keine Reaktion. Das wurde Rose bewusst, als Véronique mit ihrem Hund unter dem Arm die Wohnung verließ und die Tür hinter sich zuschlug.

Rose war noch so sehr mit der Begegnung beschäftigt, dass sie gar nicht bemerkt hatte, wie Colette – gewohnt lautlos – die Treppe heruntergekommen war und den Kopf um die Ecke gestreckt hatte.

«Ich habe Ihnen ja gesagt, dass es mich gewundert hätte, wenn Sie für mich eingestellt worden wären.»

Von Schwester zu Schwester

Gesellschaftsdame für einen Hund! Kannst du dir das vorstellen, Lili?», rief Rose im RER, dem Vorstadtzug, der sie nach Noisy-le-Grand zurückbrachte, in ihr Handy.

Ihre Schwester kicherte, was sie noch mehr auf die Palme brachte.

«Lach nicht. Ich hab gedacht, ich spinne! Und die alte Dame tut mir so leid ...»

«Ich lache dich nicht aus, aber du musst zugeben, dass es schon sehr lustig klingt. Dieses Konzept ist komplett neu für mich. Ich verstehe nicht, warum jemand einen Babysitter für einen Hund einstellt – und dann auch noch für vierundzwanzig Stunden am Tag –, wenn die eigene Mutter im Haus ist.»

«Von ‹Hundesittern› habe ich schon gehört, dachte aber immer, dass deren Aufgabe hauptsächlich darin besteht, mit großen Tieren spazieren zu gehen, die viel Bewegung brauchen ... oder die Hunde von alten Leuten auszuführen, die das selbst nicht mehr können.»

«Oder die Pinscher von Frauen, die sich niemals dazu herablassen würden, die Kacke ihres Lieblings einzusammeln. Da bezahlen sie lieber jemanden, der diese niedere Arbeit für sie verrichtet.»

«Jedenfalls kann ich dir versichern, dass sich Véronique bei mir nicht so schnell wieder melden wird.»

«Warum nicht? Sammelst du die Kacke etwa nicht geschmeidig genug ein?», scherzte Lili.

«Weil ich ihren Hund die ganze Woche malträtiert habe, obwohl er schon vorher depressiv war, während ich dachte, dass ihre Mutter diejenige wäre, die nicht gut drauf ist. Nach allem, was er bei mir erleiden musste, zittert er im Arm seines lieben Frauchens wahrscheinlich immer noch. Ich habe ihn wirklich nicht mit Samthandschuhen angefasst. Zum Beispiel habe ich ihn gezwungen, Trockenfutter zu fressen, während er offensichtlich Kaviar und Foie gras gewöhnt ist. Aber am Ende hat er nicht mehr gemurrt.»

«Was für eine Rasse ist es denn eigentlich?»

«Ein Zwergspitz. So ein kleines Schoßhündchen.»

«Das muss dann eine masochistisch veranlagte Sorte sein.»

«Du hast gut reden. Ich bin mir sicher, er verpfeift mich, weil ich mit ihm nicht beim Hundefriseur war und mir außerdem diese fiesen Namen für ihn ausgedacht habe. Letztlich hatte Colette tatsächlich recht! Sie kennt ihre Tochter gut genug, um zu wissen, dass sie mich niemals ihretwegen eingestellt hätte.»

«Familienbeziehungen sind oft ein bisschen kompliziert. Apropos, hast du was von Baptiste gehört?»

Rose seufzte ins Telefon. Seit mittlerweile zwei Monaten wohnte er nicht mehr bei ihr und antwortete auch nicht auf ihre Nachrichten.

«Ich werde ihn am Freitagabend zum Abendessen einladen», verkündete Lili und ergriff damit die Initiative, anstatt auf eine Antwort zu warten. «Mit mir hat dein Sohn ja kein Problem. Er kommt, um ein wenig mit seiner alten Tante zu plaudern, und du bist zufällig ebenfalls da. Auf diese Weise kannst du ein für alle Mal reinen Tisch machen.»

Im Innern wusste Rose, dass es eine schlechte Idee war. Sie kannte ihren Baptiste und seine Abneigung gegen Überraschungen. Er konnte richtig wütend werden, wenn man ihn überrumpelte. Dieser «brillante Vorschlag» verhieß nichts Gutes. Aber hatte sie eine andere Wahl, wenn er sich seit Wochen weigerte, mit ihr zu sprechen?

Als sie ihr Apartment betrat, ihr Blick auf die billigen Möbel fiel und sie den altvertrauten Geruch einatmete, konnte sie sich nicht mehr auf das Gespräch konzentrieren. Fast hätte sie sich übergeben. Ohne Baptiste war dies nicht mehr ihr Zuhause. Jeden Gegenstand, die Bilder, selbst die Wandfarbe ... alles hatte sie sorgfältig gemeinsam mit ihrem Sohn für ihr kleines glückliches Refugium ausgesucht, doch jetzt ließ es sie melancholisch werden.

Früher, als Baptiste noch ein kleiner Junge gewesen war und am liebsten große Segelboote gemalt hatte, die sie dann stolz an den Kühlschrank heftete, war alles so einfach gewesen.

Spontan traf Rose eine Entscheidung: Sie würde umziehen. Allerdings empfand sie daraufhin keine Freude, sondern einen schmerzhaften Stich, als würde ein geliebter Ehemann sie für eine andere verlassen – sehr ironisch für eine Frau, die ihr Leben noch nie mit einem anderen Mann als ihrem Sohn geteilt hatte.

Lili riss sie aus ihren Gedanken, indem sie nachfragte, ob Rose denn nun am Freitagabend käme.

«Okay», antwortete sie nur.

«Gut, bis dahin, Schwesterherz. Ich bin mir sicher, dass es gut laufen wird. Das ist bei ihm sicher nur eine Phase. Vielleicht braucht er in seinem Alter doch endlich Antworten auf ...»

«Hör zu, Lili, alles zu seiner Zeit. Setz mich nicht unter Druck ... Mir ist das sehr wohl bewusst, glaubst du, ich denke nicht auch darüber nach?»

Lili hatte ja nicht unrecht. Sie musste darüber sprechen und sich schließlich von der Last befreien, das würde sie beide weiterbringen. Vielleicht war dies der Moment. Und schlimmer konnte es eigentlich nicht mehr werden. Oder?

Sapperlot

Allein in ihrem Apartment, in dem sie sich nicht einmal die Mühe gemacht hatte, das Licht einzuschalten, obwohl es längst dunkel war, sinnierte Rose über ihr Leben, das ihr zwischen den Fingern zu zerrinnen schien. Das halbe Dutzend Rechnungen der letzten Woche würde einen Großteil des Lohns auffressen, den sie gerade erhalten hatte. Daneben lag die Gratiszeitung, die es immer in der Métro gab, mit dem Tageshoroskop. Demnach stand es nach wie vor gut um Liebe, Arbeit und Geld! Rose nahm sich vor, den Redakteur der Rubrik zu kontaktieren, um ihm eine nachträgliche Überprüfung zu empfehlen.

Rose war traurig, ihren Sohn nicht mehr zu sehen, doch tief in ihrem Innern sagte ihr eine leise Stimme, dass sich letztlich alles regeln würde. Wie? Das wusste sie noch nicht. Jupiter würde sich ordentlich ins Zeug legen müssen.

Obendrein machte sie sich Sorgen um Colette. Dabei hatte sie genug eigene Probleme. Allerdings hatte Rose die Eigenschaft, sich überall reinzuhängen, auch emotional, was nicht immer gut war. Doch die skurrile alte Dame war ihr trotz allem ans Herz gewachsen. Sie konnte nicht anders, als Mitleid für Colette zu empfinden. Warum hatte sie nur ständig das Bedürfnis, sich zu waschen? Küchenpsychologie hin oder her, Rose wollte es verstehen. Wenn sie sich nicht um sie kümmerte, wer würde es dann tun? Die Chancen, dass sich ihre Wege noch einmal kreuzten, waren allerdings gering. Colette ging ja nie raus.

Wie erwartet, rief Véronique nicht an. Rose verbrachte die Woche damit, sich um ihren Haushalt zu kümmern und Schränke aufzuräumen, um auf andere Gedanken zu kommen. Dinge, die man immer aufs nächste Wochenende schob, weil man dafür selten Zeit fand. Drei riesige Müllbeutel füllte sie mit allem, was sie aussortierte. Baptistes Sachen packte sie in Kartons, die sie in einer Ecke seines Zimmers stapelte. Er hatte vieles zurückgelassen, was Rose in Erinnerungen schwelgen ließ, wie den Leuchtglobus, auf dem er sich so oft seine zukünftigen Weltumseglungen ausgemalt hatte. Auch seine gewissenhaft aufgehobenen Kinderzeichnungen und die Briefe seiner Mutter ins Ferienlager hatte er nicht mitgenommen. Rose brachte es nicht übers Herz, das alles wegzugeben. Vielleicht wollte er es eines Tages doch haben?

Nachdem das gesamte Apartment aufgeräumt war, packte sie auf einmal die Angst. Und wenn Baptiste gar nicht mehr zur Schule ging? Wenn er nicht nur den Kontakt zu seiner Mutter, sondern auch seine Ausbildung abgebrochen hatte?

Sie beschloss, sich an seine Schule zu wenden.

Den Weg zu nehmen, den ihr Sohn täglich zurückgelegt hatte, hatte etwas Bewegendes. Sie überlegte, auf welchem Platz im Bus er wohl meistens gesessen und ob er manchmal mit der Stirn an der kalten Scheibe noch eine Runde geschlafen hatte.

Rose setzte sich gegenüber von der Schule in ein Café und trank eine heiße Schokolade, während sie das Ende des Unterrichts abwartete. Zum Zeitvertreib blätterte sie die Zeitung durch, die auf dem Tresen lag, und als sie bei «Aktuelle Meldungen» angelangt war, begann ihr Herz unwillkürlich schneller zu schlagen. Sie konnte schlechte Nachrichten einfach nicht mehr ertragen. Schließlich öffneten sich die Tore, und die Schüler begannen aus dem Gebäude zu strömen. Rose hoffte, unter ihnen ihren Sohn zu entdecken, und wagte nicht, die Straße zu überqueren, bis sie Freddy erkannte, einen seiner engsten Freunde, ein wohlerzogener Junge, den sie mochte. Mehr als einmal hatte sie ihren Sohn ermuntert, etwas mit ihm zu unternehmen.

Höflich wie immer sagte Freddy, er habe Baptiste seit mehreren Tagen nicht im Unterricht gesehen. Und als er Rose fragte, ob mit Baptiste alles in Ordnung sei, merkte sie verzweifelt, wie sich in ihr alles zusammenzog. Sie war nicht in der Lage zu antworten. Und sie schämte sich dafür, dass sie nicht wusste, was ihr Sohn machte und wie es ihm gerade ging.

Tief Luft holen.

Sie hoffte sehr, dass Baptiste nicht auch noch sein Praktikum abgebrochen hatte. Sein Ausbilder hatte sich bislang immer überschwänglich über ihn geäußert und hielt bereits eine feste Stelle für ihn frei.

Rose tröstete sich damit, dass sie ihn ja am Freitagabend bei ihrer Schwester sehen würde, wo sie gut vorbereitet und in Ruhe mit ihm reden könnte. Sie würde die richtigen Worte finden, und einer Versöhnung stünde nichts mehr im Wege. Danach bliebe Baptiste noch genug Zeit, um rechtzeitig für die Abschlussprüfungen wieder zur Schule zu gehen.

Die Woche war lang gewesen. Rose hatte viel ferngesehen, hauptsächlich Wiederholungen von Serien. Gegessen hatte sie wenig. Aber sie hatte viel an ihren Vater gedacht. In schwierigen Momenten drängte sich ihr oft der Gedanke auf, dass mit ihm alles leichter wäre.

Endlich war der Freitagabend gekommen. Rose wählte sorgfältig aus, was sie anziehen würde, fast wie für ein erstes Date.

Baptiste warf ihr manchmal vor, dass sie sich wie eine Oma kleidete und ihr Äußeres vernachlässigte, weshalb sie sich heute besondere Mühe gab, um ihm zu gefallen. Sie versuchte sogar, ihr Haar hinten zusammenzunehmen, doch das legte ihr Gesicht und vor allem die geschwollenen Augen mit den dicken Ringen darunter frei, die vom vielen Weinen in den letzten Tagen herrührten. In der Métro auf dem Weg zu Lili hörte sie über Kopfhörer Radio. Da die Verbindung so schlecht war, hörte sie nur jeden zweiten Vers des Songs aus *Rocky: «The final countdown. Tata tadadada!»*

Baptiste hatte diesen Film geliebt, als er noch jünger war, und jeden Satz mitsprechen können.

Eine Station, bevor sie aussteigen musste, klingelte ihr Handy. Eine unbekannte Nummer erschien auf dem Display. Vielleicht hatte Baptiste eine neue, was erklären würde, warum er auf die alte nicht mehr reagierte ... Mit klopfendem Herzen nahm sie das Gespräch an.

Heiter klingen und so tun, als würde ich das alles total locker sehen ...

«Guten Tag. Hier ist Véronique Lupin.»

Roses Kinnlade verlor Sylvester-Stallone-mäßig jeglichen Halt! Rocky hätte wahrscheinlich zu ihr gesagt: *Es kommt im Leben nicht darauf an, wie viel du austeilst, sondern darauf, wie viel du einstecken kannst.*

«Jetzt brauche ich Sie doch noch. Ich fahre noch mal ohne Pépette weg. Richard hält mehrere Vorträge. Ich überlasse Ihnen wieder das Studio. Gleiches Gehalt bei gleicher mustergültiger Führung. Zweimal in der Woche gehen Sie mit ihr zum Friseur und dreimal zum Therapeuten. Ich weiß nicht, was Sie mit meiner geliebten kleinen Hündin angestellt haben, aber offensichtlich hat es funktioniert.»

Das war nun allerdings eine handfeste Überraschung. Doch Véronique ahnte nicht, aus welchem Holz Rose geschnitzt war. Sie mochte vielleicht nicht wissen, was eine Kryotherapie war, aber wo sich *Madame* dieses Angebot hinstecken konnte, das wusste sie ziemlich genau.

Aufgepasst, Madame Lupin, hier gilt Auge um Auge, Zahn um Zahn!

«Ähm, danke, aber leider muss ich Ihnen absagen. Es widerspricht nämlich meinen Prinzipien, als Gesellschaftsdame für einen Hund zu arbeiten, zumal Ihre Mutter ganz offensichtlich Hilfe gebrauchen könnte. Wenn Sie mich für Colette einstellen wollen, dann gern. Für Ihren geliebten Pinscher nicht.»

Wow, gezielter Volltreffer!

Endlich hatte Rose einmal ausgesprochen, was sie wirklich dachte. Und damit war sie sicher die Erste, der es gelungen war, Véronique so weit zu bringen, dass es ihr die Sprache verschlug, worauf Rose sehr stolz war.

Sie könnte Geschmack daran finden. Wenngleich es schon ein Opfer war, auf so viel Geld zu verzichten.

Insgeheim hatte sie gehofft, Véronique verstünde den Wink mit dem Zaunpfahl und würde sie tatsächlich für Colette einstellen, doch nichts dergleichen geschah. Stattdessen herrschte Stille am anderen Ende der Leitung, gefolgt von einem: «Wunderbar, bis morgen also!»

Offensichtlich waren Roses Worte bei Véronique auf taube Ohren gestoßen. Okay, sie war noch ungeübt. Aber wie hatte Rocky gesagt: *Es ist erst vorbei, wenn es vorbei ist.*

Ein fast perfektes Dinner

Als Rose bei ihrer Schwester ankam, schlug ihr das Herz bis zum Hals. Und wenn er nicht käme? Oder schlimmer noch, wenn er kam und die Dinge nicht nach Plan liefen? Rose merkte, wie ihre Beine zitterten.

Sie war bereit, einen Schritt auf Baptiste zuzugehen, ihm seinen Rückzug zu verzeihen. Blieb ihr etwas anderes übrig? Lili hatte recht, wahrscheinlich hatte sich so viel Frust in ihm angesammelt, dass dieser in Wut umgeschlagen war, die sich dann gegen Rose gerichtet hatte. Sie hatte ihm bestimmte Dinge vorenthalten, um ihn zu schützen, aber wahrscheinlich konnte sie damit nicht endlos weitermachen.

Ja, die guten Vorsätze! Ich weiß. Aber gut, eine kleine Ausnahme von Zeit zu Zeit hat noch niemanden umgebracht!

Jungfrau: Raus aus der Komfortzone und handeln! Ziehen Sie sich nicht in Ihre Gewohnheiten zurück. Pluto kann Sie nicht optimal unterstützen, wenn Sie nicht versuchen, sich zu befreien. Wer beeinflusst Sie negativ oder hält Sie davon ab, zu neuen Ufern zu segeln? Job: Bei der Arbeit ist heute nicht mit großen Überraschungen zu rechnen, obgleich Sie Veränderung brauchen.

Das verhieß nichts Gutes. Aber was wusste Pluto schon über ihre Beziehung zu Baptiste?

Rose stand noch zögernd vor Lilis Tür, als sich diese weit öffnete und ihre mit Mehl bestäubte Schwester offenbarte. «Wie lange wolltest du noch da draußen stehen, bevor du dich endlich dazu durchringst zu klingeln? Und was machst du überhaupt für ein Gesicht? Es ist doch niemand gestorben! Noch nicht zumindest.»

Rose ließ sich auf dem Sofa nieder, und ihr Blick fiel auf den niedrigen Tisch, wo eine Platte mit Canapés stand: Samosas, gefüllte Gläschen, lamellenförmig aufgeschnittenes Gemüse mit diversen Dips sowie Blinis – und daneben ein halb ausgetrunkenes Glas Rotwein. Lili hatte offenbar bereits eine Weile auf Rose gewartet und deshalb das Wochenende schon mal allein eingeläutet.

«Und? *Madame Dog-Sitter des Jahres*? Ein Kir mit Heidelbeere, wie immer?»

«Nein. Heute verlangt Pluto, dass ich mutig bin. Hast du die Zutaten für einen Tequila Sunrise oder Rum für einen Mojito da? Was auch immer, ich nehme einen doppelten. Mut liegt nicht einfach so auf der Straße herum. Und was meine Talente als Hundesitterin angeht, glaubst du ja nicht, wie recht du hast. Ich muss dir unbedingt erzählen, was für einen bizarren Anruf ich gerade erhalten habe.»

Sie erzählte Lili von dem Gespräch mit Véronique, während diese in der Küche einen orangefarbenen

Cocktail mixte, der dafür sorgte, dass Rose beim ersten Schluck kurz die Gesichtszüge entgleisten. «Hui, da warst du aber nicht geizig. Das Zeug verbrennt einem ja Lippen und Magen gleichzeitig. Ich nehme mir mal von den Gurken mit Tsatsiki, um es ein bisschen abzumildern. Hast du von Baptiste gehört?», fragte sie dann so unbeteiligt wie möglich.

«Ja, ja, er kommt nachher zum Dessert vorbei. Glaub mir, das macht er. Ich habe ihn nämlich letzte Woche gebeten, mir etwas zu besorgen, und jetzt schulde ich ihm hundert Euro. Unterdessen können wir ja schon mal anfangen zu essen.»

Rose war so nervös, dass man hörte, wie sie schluckte, was ihre Schwester mit einem missbilligenden Blick ahndete. Um sich zu beruhigen, trank sie von ihrem Cocktail und versuchte, das Thema zu wechseln. «Warum hast du eigentlich Mehl in deinem Haar?»

«Ach, ich habe Salzteig gemacht. Ich meditiere neuerdings, und da wird empfohlen, etwas zu tun, womit man den Kopf frei kriegt. Ich habe es mit Mandalas versucht, aber das ist nicht meins. Deshalb probiere ich gerade verschiedene Dinge, die meine Küche und offenbar meine Haarfarbe ruinieren. Und wusstest du schon, dass ich jetzt immer um 5:00 Uhr morgens aufstehe? Das heißt *Power Morning.* Mit dem Ergebnis, dass ich den ganzen Tag total groggy bin und in der Kanzlei ständig gähne. Neulich hab ich mich endgültig um meinen Ruf gebracht, weil mich einer der anderen Anwälte bei einer kurzen Siesta in meinem Büro erwischt hat.»

«Und warum tust du das? Habe ich da was verpasst? Du hast keine Kinder, und die Kanzlei öffnet erst um 9:00 Uhr.»

«Ganz ehrlich, ich weiß es selbst nicht. Ich habe es irgendwo gelesen, und ein Kollege hat mir davon erzählt und behauptet, es sei genial.»

«Du hättest mich fragen müssen, Schwesterchen. Ich stehe seit Jahren um 5:00 Uhr morgens auf, und das bringt mir alles andere als Power. Machst du mir noch so einen Cocktail? Ich spüre schon, wie ich mutiger werde ...»

Zwei Tequila Sunrise und mehrere Schokotörtchen später waren Lili und Rose richtig gut drauf. Sie fläzten sich gemütlich auf dem Sofa, und der Fernseher lief im Hintergrund ohne Ton, als es an der Tür klingelte. Erst in dem Moment fiel ihnen auf, dass sie vollkommen vergessen hatten, etwas von dem Dessert aufzuheben. Rose erstarrte augenblicklich, und Lili übernahm das Kommando: «Du sagst gar nichts. Lass mich das regeln. Okay?»

Rose nickte und holte tief Luft.

Baptiste betrat das Wohnzimmer und blieb wie angewurzelt stehen, als er sie erblickte. «Was ist das denn für eine hinterhältige Aktion?»

«Nun mal ganz ruhig. Heute ist Freitag, und freitags ist traditionell unser Abend. Den verbringen deine Mutter und ich immer gemeinsam. Ich hole nur eben das Geld, das ich dir schulde. Währenddessen kannst du deine Mama begrüßen.»

Lili verschwand und überließ Rose und Baptiste sich selbst. Schweigend beugte sich Baptiste vor, um seine Mutter höflich auf die Wangen zu küssen. Sie war nicht in der Lage, sich zu erheben. Selbst wenn sie gewollt hätte, sie hätte sich nicht auf den Beinen halten können. Er wandte den Blick ab. Rose ärgerte sich, dass sie den Fernseher nicht wieder laut gestellt hatte, um den Raum atmosphärisch aufzuwärmen, der ihr plötzlich eiskalt vorkam. Ihr Sohn war so unnahbar wie ein Rausschmeißer in einem Nachtclub, dennoch wagte sie, ihn zu fragen: «Willst du dich nicht setzen?»

«Doch, schon.»

«Magst du was trinken?»

«Ähm ... ja, ich nehme mir ein Glas Wein ...»

«Du trinkst inzwischen Wein? Ist das neu?»

«Du weißt eben nicht alles von mir, Rose. Ja, ich trinke Wein. Ich finde Wein spannend, und falls du dich erinnerst, wir haben Önologie auch als Fach in der Schule ...»

«Wo du im Moment nicht oft bist, wie mir scheint ...»

Baptiste stand noch immer reglos mitten im Raum und schien zu zögern, ob er einfach gar nicht reagieren, motzen oder doch einigermaßen höflich bleiben sollte. «Spionierst du mir jetzt nach?»

«Nein, aber ich bin deine Mutter, du bist gegangen, und seitdem habe ich nichts mehr von dir gehört, du gehst nicht einmal mehr ans Telefon, da mache ich mir einfach Sorgen, das ist doch normal, oder?»

«Ja, na ja, du siehst ja, dass es keinen Grund gibt,

sich Sorgen zu machen. Mir geht es sehr gut.» Baptiste schenkte sich ein Glas Wein ein. Dabei hielt er die Flasche wie ein Oberkellner. Er trank einen kleinen Schluck.

«Hör zu, Baptiste, ich habe nachgedacht, vielleicht war ich zu hart zu dir. Ich lasse gern mit mir reden und bin bereit, mein Verhalten zu überdenken, aber du musst auch ein wenig mitmachen. Hilfreich wäre zum Beispiel, wenn du mir erklärst, was dir eigentlich nicht passt.»

«Ich setze mich wohl doch lieber ...»

Während er nervös mit seinem Handy spielte, sah Rose, dass er den Bildschirmschoner geändert hatte ... Sie hatte nur einen kurzen Blick darauf werfen können, aber er war lang genug gewesen, um rotes Haar und Jessicas jugendliches Gesicht zu erkennen – Wange an Wange mit Baptiste. Eilig ließ er das Smartphone wieder in der Hosentasche verschwinden. Roses Magen zog sich zusammen, als ihr Sohn den Kopf hob und sie kühl ansah. «Ich finde, es ist ein bisschen zu spät zum Reden.»

«Es ist nie zu spät, Baptiste.»

«Ach nein? Na gut! Wenn es nie zu spät ist, sich Dinge zu sagen, dann ist ja noch Zeit, um mir von meinem Vater zu erzählen.»

Rose erstarrte abermals. Sie fühlte sich überrumpelt. Lili hatte von Anfang an recht gehabt. Baptiste war voller Wut und Groll. Sie hatte damit gerechnet, dass ihm die ausweichenden Antworten, mit denen er sich seit seiner Kindheit hatte begnügen müssen, irgendwann nicht mehr reichen würden, aber warum ausgerechnet jetzt? Warum war er auf einmal so verbittert?»

«Es ist kompliziert, Baptiste. Darüber sollten wir mal in Ruhe reden.»

«Ich bin die Ruhe selbst. Immer hattest du eine Entschuldigung, warum du darüber nicht sprechen wolltest.»

«Bist du deshalb von zu Hause weggegangen?»

«Nicht nur.»

«Warum bist du plötzlich so sauer auf mich?»

«Ich muss wissen, wer mein Vater ist. Es ist langsam dringend.»

«Ich verstehe nicht ...»

«Rose, hör zu. Jessica ist schwanger. Ich werde Vater.»

Wie bitte??? Was hat er gerade gesagt?

Ganz die Mama

Rose lag flach auf dem Boden, und Baptiste fächelte ihr mit der Fernsehzeitung Luft zu. Als sie sich wieder ein wenig gesammelt hatte, setzte sie sich auf und starrte auf den gekrümmten Fernsehbildschirm, den sich Lili vor kurzem gegönnt hatte. Ein sonnengebräunter Moderator blickte Rose direkt in die Augen. Der Ton war noch immer ausgeschaltet, aber sie stellte sich vor, wie er mit ihr sprach.

«Geht's, Rose? Tief durchatmen, dann wird es besser ...»

Sobald sie wieder ganz bei sich war, hätte sie Baptiste gern mit Fragen bombardiert, doch aus ihrem Mund kam nichts als ein «Hicks», ehe sie von einem fürchterlichen Schluckauf heimgesucht wurde. Schlagfertigkeit war noch nie ihre Stärke gewesen. Lili, die den Grund für ihren Schwächeanfall gar nicht mitbekommen hatte, brachte ihr ein großes Glas Mineralwasser.

«Hier, trink das ... und nächstes Mal lassen wir das mit den Cocktails und Mischgetränken. Das bekommt dir offensichtlich nicht! Halt dich doch lieber an deinen Kir, Omi ...»

Als Lili die finstere Miene ihrer Schwester und den verlegenen Blick ihres Neffen bemerkte, wurde ihr klar, dass sie mit ihrem Spruch offensichtlich einen Nerv getroffen hatte, auch wenn sie nicht verstand, welchen. «Habe ich etwas Unpassendes gesagt?»

Baptiste senkte den Kopf. Rose setzte sich gerader hin. «Und verheimlichst du mir das schon lange?»

«Seit sechs Monaten, ich wusste nicht, wie ich es dir sagen sollte.»

«Seit sechs Monaten! Dann steht es also fest. Ich werde Großmutter. Das hättest du mir wirklich eher sagen können! Stattdessen machst du mir wegen deines Vaters ein schlechtes Gewissen ...»

«Ich habe es sechs Monate geheim gehalten, okay?! ... Du dagegen achtzehn Jahre, an den Rekord komme ich noch lange nicht ran!»

Beim Thema Schlagfertigkeit kam er eindeutig nicht nach seiner Mutter.

Das Erste, woran Rose dachte, war: *Er begeht den gleichen Fehler wie ich.* Allerdings wusste sie, dass sie das nicht zu Baptiste sagen konnte, der dann denken würde, sie bedauere, ihn geboren zu haben, was natürlich ganz und gar nicht der Fall war.

Dennoch war es schade für ihn. Warum überstürzte er die Dinge? Er war doch noch so jung. Er hätte noch ein wenig Spaß haben können, ehe er sich fürs Leben band.

Lili hatte nur Bahnhof verstanden.

Baptistes Miene wurde ernst. «Ich muss Verantwortung übernehmen, wie du es mir beigebracht hast.»

Jetzt bin ich wieder schuld, aber mit mir kann man's ja machen!

«Der Geburtstermin ist in drei Monaten, aber da Jessica bereits Wehen hat, müssen wir damit rechnen, dass das Baby eher kommt.»

Baptiste wird Vater! Aber er ist doch selbst noch ein Baby! Mein Baby! Und ich werde Großmutter? Mit sechsunddreißig!

«Als wir es vor einer Weile erfahren haben, war es für uns natürlich auch komisch. Und besonders für Jessicas Eltern war es erst mal schwierig zu akzeptieren, aber inzwischen unterstützen sie uns sehr.»

Und ich, sollte ich auch irgendwann eingeweiht werden, oder zähle ich gar nicht?

«Jedenfalls – als ich von Jessicas Schwangerschaft erfahren habe, ist mir noch mal klargeworden: Ich muss wissen, woher ich komme und wer mein Vater ist. Ich habe versucht, selbst zu recherchieren, aber nichts erreicht, weil du mir überhaupt keine Information über ihn gegeben hast, nicht mal einen Hinweis. Ich werde Papa, du musst mir jetzt die Wahrheit sagen.»

Rose war nach wie vor fassungslos und außerstande, die wirren Gefühle zu bändigen, die in ihr tobten. Als Lili verstanden hatte, worum es ging, hatte sie sich neben ihre Schwester gesetzt und nach ihrer Hand gegriffen.

Er ist doch noch viel zu jung! Ich bin zu jung! Das darf nicht wahr sein! Ich fühle mich gar nicht gut.

Baptiste war jetzt wieder stumm wie ein Fisch. Er spürte die unbehagliche Stimmung, die durch seine Nachricht entstanden war.

Nach einem kurzen Blick zu ihrer überforderten Schwester versuchte Lili, die Situation ein wenig zu entspannen. «Das sind ja tolle Neuigkeiten», sagte sie lächelnd. «Unsere Familie vergrößert sich.»

«Ja, und falls ihr euch die Frage stellt, es war kein Unfall. Jessica und ich, wir lieben uns und wollten beide ein Baby. Im Gegensatz zu dir, Rose, werde ich nie denken, dass es ein jugendlicher Ausrutscher war. Er ist ein Wunschkind!»

«Baptiste, sei nicht so hart mit deiner Mutter! Du übertreibst! Außerdem weißt du, dass das nicht stimmt!»

«Ganz ehrlich, ich bin mir da nicht mehr so sicher. Sie ist diejenige, die übertreibt! Sie hat mir mein ganzes Leben lang meinen Vater vorenthalten.»

«Ich wollte nur dein Bestes. Ich wollte dich schützen.»

«Das ist aber voll nach hinten losgegangen, wie du siehst. Jetzt musst du zusehen, wie du das wieder geradebiegst. Ich gebe dir eine Chance: Ich stelle dir deinen Enkel vor, wenn du mir den Namen meines Vaters nennst.» Mit diesen Worten entfernte er sich in Richtung Wohnungstür.

Rose sprang auf. «Nein, warte, Baptiste», flehte sie ihn an. «Das kannst du nicht machen. Lass uns alles in Ruhe besprechen.»

Die Tür fiel ins Schloss. Rose brach in Tränen aus und heulte an Lilis Schulter, bis ihr irgendwann etwas bewusst wurde. «Er hat ‹Enkel› gesagt?», brachte sie schluchzend hervor. «Glaubst du, es ist ein Junge?»

Ihr Kinderlein kommet

Rose war vollkommen fertig. Sie war schon in der ersten Runde gegen ihren Sohn k. o. gegangen. Da sie sich nicht in der Lage fühlte, nach Hause zu fahren, und vor allem, dort allein zu sein, nahm sie das Angebot ihrer Schwester, bei ihr zu bleiben, an, ohne sich zu zieren. Doch nun lag sie in dem Bett, das Lili ihr bezogen hatte, und konnte nicht schlafen. Sie ließ den Abend noch einmal Revue passieren. Plötzlich fielen ihr viel bessere Antworten auf die Vorhaltungen ihres Sohnes ein, die den Ton des Gesprächs sicher geändert hätten, wenn auch wahrscheinlich nicht dessen Inhalt.

Rose kam sich vor wie die letzte Versagerin. Nichts war gelaufen wie geplant. Lili dagegen hatte ihre Aufgabe als Vermittlerin gut gemeistert. Beiden Seiten gegenüber. Kaum dass Baptiste fort war, hatte Lili versucht, Rose wiederaufzubauen. «Es war klar, dass er das eines Tages einfordern würde. Das ist normal», hatte sie gesagt. Baptiste habe es sicher nicht so gemeint. Niemals würde er mit Rose und seiner Familie endgültig brechen. Offenbar befände er sich nur gerade in einer Identitätskrise. Wie sollte er ein guter Vater sein, ohne seinen eigenen zu kennen und noch nicht einmal zu wissen, warum er von ihm im Stich gelassen worden war?

Danach hatte Lili eilig das Thema gewechselt. Sie war der Meinung, Rose hätte den Job bei Véronique annehmen sollen. Und Rose hatte nach diesem Streit nicht mehr die Kraft gehabt, ihrer Schwester zu widersprechen und ihr darzulegen, wie sehr es sie empörte, vierundzwanzig Stunden am Tag und sieben Tage die Woche Véroniques Hund zu umhegen, während deren eigene Mutter zusehen musste, wie sie allein zurechtkam.

Eins musste man Lili allerdings auch hier zugestehen. Sie hatte überzeugende Argumente dafür vorgebracht, dass der Job auch eine Chance bedeuten könne. Und sie hatte darauf hingewiesen, dass ihn jemand anders übernähme, wenn sie es nicht täte – jemand, der womöglich weniger Skrupel hätte und sich keine Sekunde um Colette scheren würde. Langsam begriff Rose, dass es vielleicht wirklich eine einmalige Gelegenheit war. Sie brauchte Véronique jetzt nur noch davon zu überzeugen, dass man den Hund getrost einige Stunden sich selbst überlassen konnte, in denen sie sich «unentgeltlich» um Colette kümmern könnte.

Und Lilis letztes Argument, das Rose schließlich überzeugt hatte, war: «Auf diese Weise bietet der Job dir auch mehr Stabilität. Ein Hund lebt nicht sehr lange, du aber willst noch ein paar Jahre etwas zu essen auf dem Tisch haben.»

Dieser praktischen Analyse hatte Rose nichts mehr entgegenzusetzen. Es stimmte, sie wünschte sich eine erfüllende Tätigkeit, bei der sie sich nützlich fühlte. Gesellschaftsdame für einen Hund zu sein war sicher keine Berufung. Wenn sie jedoch auf diese Weise weiterhin Colette zur Seite stehen könnte, würde sie der Sache eine Chance geben. Sie fand es skandalös, die eigene Mutter derart zu vernachlässigen, wenn man das Glück hatte, sie noch bei sich zu haben.

Lili und sie hatten ihre Mutter nicht gekannt. Oder nur sehr kurz. Nicht gut jedenfalls, weil sie stets Abstand gewahrt hatte. Keine von ihnen erinnerte sich an einen innigen Moment mit ihr. Ihr Vater hatte sie nur selten erwähnt, doch wenn, dann immer voll zärtlicher Nostalgie. Nach dem Wie oder Warum hatten sie ihn nie gefragt. Es war wie ein geheimer Pakt zwischen ihnen dreien gewesen, den niemand brechen wollte, nicht einmal kurz vor seinem Tod und vor allem, um ihn nicht zu verletzen, da er doch immer so gut wie möglich versucht hatte zu kompensieren, dass er keine Frau an seiner Seite hatte.

Auch Rose hatte sich bemüht, beide Rollen zu übernehmen, damit es ihrem Sohn an nichts fehlte. Eigentlich hatte sie immer gedacht, dass es ihr ganz gut gelungen wäre, bis zu jenem Abend, an dem deutlich geworden war, dass er mehr darunter gelitten hatte, als sie geglaubt hatte.

Natürlich hatte er ihr oft Fragen gestellt. Wer war sein Vater? Wem sah er ähnlich? Warum wohnte er nicht bei ihnen? Ob er überhaupt noch lebte? Wie waren sie sich begegnet? Waren sie verliebt gewesen? Rose hatte sich immer trickreich aus der Affäre gezogen – ein falscher

Name, ein anderer Beruf – und Baptiste somit die Wahrheit erspart. Damit er nicht leiden musste. Inzwischen war ihr jedoch bewusst geworden, dass ihr Schweigen ihrem Sohn ein Loch ins Herz gebohrt und einen unüberwindbaren Graben zwischen ihnen geschaffen hatte. Vielleicht hatte er recht, und die Zeit war gekommen, ihm die Wahrheit zu sagen. Er war erwachsen. Immerhin würde er nun selbst Vater werden ... Sie wiederholte den Satz im Stillen wieder und wieder, um sich klarzumachen, dass es wirklich so war.

Etwas nicht zu wissen konnte dazu führen, dass man sich die Dinge schlimmer ausmalte, als sie in Wirklichkeit waren. Wie oft hatte Baptiste ihr vorgeworfen, eine schlechte Mutter zu sein, die es nicht einmal geschafft hatte, ihren Mann zu halten? Die Wahrheit sah ganz anders aus, doch Rose hatte die Schläge wortlos eingesteckt.

Mit einem Kloß im Hals wälzte sie sich im Bett herum. Sie war hin und her gerissen zwischen dem Bedürfnis, sich die Seele aus dem Leib zu heulen, und der Lust, nach dem Telefon zu greifen und ihrem Sohn die Leviten zu lesen – wozu eine Mutter ab und zu das Recht hatte, wenn ihr Kind eine Grenze überschritt. Doch in ihrem Fall war diese Grenze unscharf geworden, beide Seiten hatten Fehler gemacht.

An der Tür klopfte es, und Lili streckte den Kopf herein. «*Room service!* Ich wusste, dass du noch nicht schläfst. Kämpfst du gerade gegen die Versuchung, Baptiste anzurufen?»

«Es fällt mir sehr schwer, aber ja. Ich will mein Verhältnis zu ihm unbedingt wieder in Ordnung bringen und bestimmt nicht diejenige sein, die alles kaputt macht. Deshalb bin ich sogar bereit, den ersten Schritt zu tun.»

«Ich glaube, den hat er gerade getan. Guck mal, was er mir geschickt hat. Und er weiß ganz genau, dass du bei mir geblieben bist.»

Rose nahm Lilis Handy, die kurz darauf das Zimmer verließ. Eine SMS von Baptiste, erhalten um 3:41 Uhr. Offensichtlich konnte auch er nicht schlafen.

Es war keine Nachricht, sondern ein Foto. Ein Ultraschallbild. Auch wenn man ganz genau hinschaute, war nicht genau zu erkennen, ob es sich um einen Jungen handelte. Und wenn es doch ein Mädchen war? Davon hatte sie immer geträumt. Das Handy ihrer Schwester fest an ihr Herz gedrückt, schlief Rose endlich ein. Ob nun Junge oder Mädchen, war vollkommen egal, fest stand, dass sie das kleine Würmchen bereits jetzt sehr lieb hatte.

Man sollte nicht Äpfel mit Birnen vergleichen

Als Rose Véronique Lupins großen sterilen Salon betrat, um die Stelle offiziell anzunehmen, verließ sie fast der Mut. Aber sie musste stark bleiben. Sie hatte etwas Wichtiges auf dem Herzen: *Okay, ich passe auf Pépette auf, aber nur, wenn ich mich gleichzeitig um Colette kümmern kann.*

Anders konnte sie es Véronique gegenüber nicht formulieren, aber natürlich hatte sie fest vor, alles, was mit dem Hund zusammenhing, so schnell wie möglich zu erledigen, sobald sie den Job erst hätte, um sich anschließend der alten Dame zuwenden zu können und ihr zu helfen, ihre Freiheit wiederzuerlangen.

Véronique lag auf dem Sofa, in einem Hausanzug, der unfassbar weich aussah. Das wusste der kleine Hund offenbar auch zu schätzen, denn er hatte den Kopf an den mageren Oberschenkel seines Frauchens geschmiegt.

Véronique Lupin war in ein Video versunken, das auf ihrem Laptop lief. Um sie herum fegte eine Putzfrau, die Rose zuvor noch nicht gesehen hatte, jeden Winkel aus, ohne dabei auch nur das leiseste Geräusch zu machen. Offensichtlich durfte sie keinen Staubsauger verwenden, um die Bewohnerin nicht zu stören. Von Colette keine Spur. Sie musste oben sein, wahrscheinlich unter der Dusche.

Als Rose hüstelte, um auf sich aufmerksam zu machen, hob Véronique kaum den Kopf. Ruhig und mit fester Stimme, die sie selbst überraschte, verkündete Rose klar und deutlich, dass sie die Stelle gern annehmen würde, wenn auch unter einer Bedingung. Das endlich rief Véronique auf den Plan. Sofort fuhr sie hoch und richtete den Blick auf Rose, die unwillkürlich zurückwich. Véroniques Gesicht sah eigenartig aus. Vollkommen starr und geschwollen.

«Heute ist kein guter Tag für so etwas. Ich bin müde. Nach dem Morgen in Richards Praxis habe ich nicht mehr die Energie, mich mit kleinen Leuten herumzuschlagen. Wollen Sie etwa auch eine Gehaltserhöhung? Ich dachte, ich hätte mich ausreichend großzügig gezeigt. Das Studio, der Lohn ... Aber wenn dem so ist, gebe ich auf. Kann ich mich jetzt wieder meinen Angelegenheiten widmen, oder haben Sie mir noch ein anderes dringendes Gesuch zu unterbreiten?»

«Ähm ja, tatsächlich.»

«Ich hätte darauf wetten können. Erinnern Sie sich nicht daran, dass ich es hasse, wenn man meine Zeit verschwendet? Und Ihretwegen habe ich jetzt die letzte Szene verpasst.»

Rose näherte sich und sah, dass sich Véronique Lupin eine Folge von *Devious Maids* ansah. Eine Art *Desperate Housewives*, nur dass die Protagonistinnen Hausangestellte bei reichen Familien waren. Rose fand die Situation mehr als unangebracht. Véronique vertrieb sich die Zeit damit, Putzfrauen auf dem Bildschirm anzugucken, während ihre eigene um sie herum sauber machte. Das war einfach nur geschmacklos.

Sie versuchte es erneut: «Ich wollte eine Kleinigkeit mit Ihnen besprechen. Ich nehme Ihr Angebot an, wenn ich mich neben Ihrem Hund auch um Ihre Mutter kümmern darf.»

«Es ist eine ‹Sie›, und sie heißt Pépette, versuchen Sie sich das zu merken. Es ist unhöflich, sie in ihrem Beisein so despektierlich zu behandeln. Zumal sie im Moment so sensibel ist.»

Véronique spulte das Video einige Minuten zurück und machte es sich wieder auf dem Sofa bequem. Rose wartete. Als sie erneut hüstelte, hob Véronique abermals den Kopf und starrte sie mit leerem Blick an. Offensichtlich hatte sie vergessen, dass sie noch gar nicht auf Roses Bitte reagiert hatte. Wahrscheinlich hatte sie vergessen, dass sie überhaupt noch im Raum war, doch Rose war entschlossen, nicht ohne Antwort zu gehen.

«Was ist denn jetzt noch?», fragte Véronique entnervt.

«Ich wollte wissen, ob Sie einverstanden sind, dass ich mich auch um Colette kümmere, zusätzlich zu ... Pépette? Wenn das für Sie in Ordnung ist, würde ich umgehend in das kleine Studio oben einziehen. Morgen Vormittag kann ich anfangen.»

«So viel Lärm um nichts! Machen Sie doch, was Sie wollen. Für Belangloses fehlt mir heute wirklich die Spucke. Aber vergessen Sie nicht: Pépette bleibt Ihre oberste Priorität. Sie bedeutet mir alles. Sie ist für mich das Kind, das ich nie hatte.»

Oder haben wollte, dachte Rose.

«Dann sind wir uns also einig. Bis morgen, Madame Lupin.»

«So ist es, und jetzt gehen Sie bitte», erwiderte Véronique kühl und wandte sich dann ihrer Putzfrau zu. «Und Sie sind gefälligst leiser mit Ihrem Besen. Ich verstehe gar nichts von meiner Serie.»

Auf in den Kampf

Nachdem sie die Wohnung verlassen hatte, machte sich Rose mit Pépettes Routine vertraut, die Véronique Lupin ihr noch mit auf den Weg gegeben hatte. Das Programm war gesteckt voll. Jede Woche drei Termine bei einem Psychotherapeuten für Tiere und zwei beim Hundefriseur. Dazu täglich ein Einkauf bei Lenôtre, zwei Ausgänge in Parks am entferntesten Stadtrand von Paris und Treffen mit vierbeinigen Freunden, die sie wahrscheinlich im Racing-Club kennengelernt hatte. Nicht zu vergessen waren natürlich regelmäßige Fotosessions für Pépettes Social-Media-Seite. Rose stellte fest, dass der kleine Kläffer einen volleren Terminplan hatte als sie selbst. Wenn auch keinen unbedingt interessanten.

Kein Wunder, dass die Töle gestört ist! Sie wird behandelt wie die Königin von England, während ihre einzige Leistung darin besteht, ihre Notdurft dort zu verrichten, wo sie es nicht soll!

Schnell war ihr klar, dass es schwieriger werden würde als zunächst angenommen, Zeit für Colette abzuzweigen. Insbesondere, wenn Rose mit öffentlichen Verkehrsmitteln ganz Paris durchqueren musste, weil für das verwöhnte Tier das Beste gerade gut genug war. Als sie die Métro-Station betreten wollte, um nach Noisy-le-Grand zurückzufahren und zu packen, wurde plötzlich eine große Limousine neben ihr langsamer. Die Fensterscheibe öffnete sich, und ein Mann, der wie ein Chauffeur gekleidet war, sprach sie an: «Mademoiselle, wohin fahren wir?»

Misstrauisch blickte Rose in den Wagen. Für wen hielt er sie? Für eine Professionelle? Sie hatte nichts dagegen, «Mademoiselle» genannt zu werden, was ohnehin nicht mehr besonders häufig vorkam, dennoch würde sie sich nicht auf diese Art und Weise anmachen lassen. Das wollte sie ihm gerade zu verstehen geben, als er weiterredete: «Ich bin Madame Lupins Chauffeur. Da sie heute nach ihrem Termin im Schönheitsinstitut nicht mehr in die Öffentlichkeit geht, habe ich alle Zeit der Welt, um Ihnen bei Ihrem Umzug zu helfen. Selbstverständlich nur, wenn es Ihnen recht ist ... Oder haben Sie bereits etwas anderes organisiert, um Ihre persönlichen Gegenstände zu transportieren? Wohnen Sie in Paris?»

In Noisy-le-Grand war innerhalb von drei Stunden ihr ganzes Leben in Kisten gepackt und das Apartment geputzt. Rose hatte einen Container angemietet, um dort einige Dinge zu lagern, an denen sie hing, die aber nicht in das kleine Studio passten. Vorsichtig, wie sie war, hielt sie es eigentlich für vollkommen überstürzt und unvernünftig, eine so radikale Entscheidung zu treffen. Zumal sie noch nicht einmal die Probezeit hinter sich gebracht hatte (es sei denn, die vergangene Woche galt als solche?) –, aber Lili hatte einmal mehr Überzeugungsarbeit geleistet und ihr versichert, dass sie schlimmstenfalls bei ihr einziehen könne, ehe sie auf der Straße leben müsste.

Falls Véronique Lupin sie rauswarf wie ein Stück Sperrmüll!

Baptistes Sachen, die in ihren Augen so etwas wie Reliquien waren, würde sie mitnehmen. Das Heftchen mit den Abzählreimen aus dem Kindergarten, die letzten Schulaufsätze, die Klassenfotos und all die anderen Dinge waren Überbleibsel aus einer Zeit, an die sie gern zurückdachte.

Nur den vertrockneten Kaktus hatte sie ohne Bedauern in den Müll geworfen. Georges war mit einem Kleintransporter gekommen und hatte ihr mit den Dingen, die sie einlagern wollte, geholfen. Als sie eine letzte Runde durch das leere Apartment drehte, versetzte es ihr einen Stich. Eine Ära ging zu Ende. Diesen Ort zu verlassen war ein wenig, wie zu trauern. Auch wenn sie gewusst hatte, dass es eines Tages so weit sein würde, hatte sie es sich nicht so schlimm vorgestellt. Und vor allem nicht so schnell. Sie nahm den letzten Karton mit Fotos und Briefen, die sie sich geschrieben hatten, zog die Tür hinter sich zu und sagte ihrem bisherigen Leben adieu. Von nun an würde sie nach vorn schauen. Allein. Ohne die Möglichkeit umzukehren.

Pluto wäre zufrieden mit ihr. *Komme, was kommen mag!*

Manchmal liegt das Glück ganz woanders

Roses neues Studio unterm Dach war gut geschnitten und sah sehr wohnlich und einladend aus, nachdem sie ihre Sachen darin untergebracht hatte. Ihre Fotos, Vorhänge und Decken verliehen ihm eine persönliche Note. Schließlich zündete sie noch ein Duftstäbchen an, um sich wie zu Hause zu fühlen.

Müde vom Ein- und Auspacken der Kartons, ließ sie sich aufs Sofa fallen, um sich einige Minuten Pause zu gönnen. Sie nahm sich den Karton mit den Fotos und anderen Erinnerungsstücken aus ihrem Leben mit Baptiste vor und brach auf zu einer sentimentalen Reise in die Vergangenheit.

Gerührt zog sie das erste Ultraschallbild hervor und das kleine blaue Armband, das er nach seiner Geburt in der Klinik bekommen hatte. Als sie die ersten Fotos von ihm sah, fiel ihr plötzlich wieder ein, dass Baptiste ein sehr schmächtiges Baby gewesen war. Nach seiner Geburt hatte sie große Angst gehabt, dass er zu viel Gewicht verlieren könnte. Anfangs war er so schwach gewesen, dass es ihm schwergefallen war, die Körpertemperatur zu halten, weshalb er die erste Nacht im Brutkasten verbracht hatte – und sie hinter der Scheibe, von wo aus sie das regelmäßige Heben und Senken des kleinen, nackten Körpers beobachtet hatte. Von diesem Augenblick an hatte sie ihn geliebt. Als sie ihn am nächsten Tag endlich in den Armen halten durfte, hatte er nach ihrem Finger gegriffen und ihn nicht mehr losgelassen. Seitdem hatte sie sich geschworen, immer für ihn dazusein. Und die Mahlzeiten in inniger Zweisamkeit sollten bald Früchte tragen: Als wollte er sie beruhigen, nahm er Gramm für Gramm zu und bekam rosige Wangen, die zum Anbeißen waren. Es wurde ja immer wieder behauptet, dass die ersten sechs Lebensjahre eines Kindes entscheidend seien, und Rose war die emotionale Bindung zu ihrem Sohn heilig. Bis zum Abwinken hatte sie ihn mit Zuneigung überschüttet.

Kein Wunder, dass er sich dann doch irgendwann von seiner Mutter lösen wollte.

Außerdem beförderte sie eine kleine Schatulle zum Vorschein, die aussah wie ein Schmuckkästchen. Darin bewahrte sie die Zähne auf, die die Zahnfee in einigen Nächten unter dem Kopfkissen gesammelt hatte. Für sie waren die kleinen Beißer wie Diamanten. Wenn Colette sie sähe, bekäme sie wahrscheinlich einen Herzinfarkt.

Schließlich las sie noch die Postkarten, die ihr Sohn ihr von seiner ersten Skifreizeit aus dem Schullandheim und anderen Ferienlagern geschickt hatte. Seine Schrift war stets ordentlich, wenn auch ungleichmäßig. Immer wieder war etwas durchgestrichen, und nicht wenige Fehler hatten sich eingeschlichen. Was sie aber vor allem berührte, waren die aufrichtigen Liebesbekundungen. Obwohl er in diesen kurzen Nachrichten sonst eher von seinen Erlebnissen berichtete, stand dort zum Schluss nicht selten: «Ich hab dich lieb, Mama!»

Sie dachte darüber nach, ob man nicht immer zuerst die letzten Zeilen eines Briefes lesen sollte. Dort sprach das Herz, und man brachte zum Ausdruck, was man am Anfang nicht zu sagen gewagt hatte. Am Ende ermutigte einen die Sorge davor, keinen Platz mehr dafür zu finden, endlich zu schreiben, was wirklich wichtig war.

Die Reise in die Vergangenheit tat ihr gut. Ihr Baby war inzwischen groß geworden. Das war ihr natürlich bewusst, aber sie hatte unterschätzt, wie wichtig ihm seine eigenen Erfahrungen waren, mit denen sie nichts zu tun hatte. Erfahrungen, die sie als *Fehler* bezeichnen mochte, er jedoch als *das Leben.*

Rose war fest entschlossen, mit Baptiste über seinen Vater zu sprechen und ihm seinen Namen zu nennen, auch wenn sie bereits jetzt wusste, dass er enttäuscht sein würde. Denn sie hatte keine Ahnung, wo sein Vater heute lebte, und sie glaubte nicht, dass sie es je herausfinden könnte, sosehr sie sich auch bemühte. Sie hatten sich vor mehr als achtzehn Jahren aus den Augen verloren. Rose hatte zwar versucht, ihn übers Internet zu suchen, aber er blieb verschollen. Fast schien es so, als gehörte er zu den wenigen Menschen, die kein Facebook-Profil besaßen.

Voller Nostalgie wühlte sie in dem Karton mit den Erinnerungen nach dem einzigen Foto, das sie von ihm aufbewahrt und viele Jahre lang versteckt hatte, um sich nicht Baptistes Fragen stellen zu müssen, als er noch zu jung dafür gewesen war. Schließlich hielt sie es in den Händen. Es hatte in einem Kuvert gesteckt.

Er sah jung aus, nicht älter als Mitte zwanzig, dennoch trug er bereits einen Arztkittel. Das Bild war wohl draußen aufgenommen worden und in einem warmen, sonnigen Land. Er lächelte freundlich in die Kamera. Rose drehte das Foto um. Auf der Rückseite stand: *Pierre Chenais. 1998. Mali.*

Die Erinnerung an die Trennung schmerzte. Die Narbe war nie vollständig verheilt, auch achtzehn Jahre später nicht. Rose steckte das Foto ins Kuvert zurück und schob den Karton wieder unters Bett.

In dieser Nacht träumte sie etwas Seltsames. Sie befand sich nicht nur in einem *Star-Wars*-Raumschiff, sondern steckte aus unerklärlichen Gründen auch in Baptistes Körper. Plötzlich erschien Darth Vader und verkündete ihr mit verzerrter Stimme: «Ich bin dein Vater.»

Rose konnte nur hoffen, dass sich Pierre nicht so sehr verändert hatte.

Ein Fleck auf der weißen Weste

Der erste offizielle Arbeitstag. Um 8:00 Uhr betrat Rose die große Wohnung, um Pépette auszuführen, und wurde von eisiger Kälte empfangen. Sie nahm sich vor, am nächsten Tag Thermo-Unterwäsche anzuziehen. Wenn es so weiterging, würden nicht die Kilos, sondern ihre Gesundheit dran glauben müssen.

Ihr Schützling befand sich nicht in seinem Luxuskörbchen. Auch Véronique war nirgends zu sehen, genauso wenig wie Colette, die sich aber wahrscheinlich in ihren eigenen Räumen aufhielt. Rose pfiff, damit der kleine Kläffer zum Vorschein käme, aber er blieb verschwunden.

Auf Zehenspitzen schlich sie durch die ganze Wohnung, um ihn zu suchen, als plötzlich Véronique Lupin direkt vor ihr stand und sie wütend anfunkelte. Ein wenig abgeschwollen waren ihre Wangen und Lippen, doch nach wie vor hätte man sie für den *Elefantenmenschen* halten können.

«Was suchen Sie?», keifte sie mit eisiger Stimme.

Wahrscheinlich kam sie direkt aus ihrem Schlankmacher-Kühlschrank, in dem sie stundenlang gehockt hatte. Rose wollte gerade dazu ansetzen, sich ausführlich zu erklären und zu entschuldigen, als sie sich daran erinnerte, wie sehr ihre Arbeitgeberin es hasste, wenn man ihre Zeit verschwendete, besonders, wenn es sich um *kleine Leute* handelte. Deshalb entschied sie sich für eine direkte Antwort: «Pépette. Sie war nicht in ihrem Körbchen. Ich wollte sie zu ihrem Morgenspaziergang ausführen. Soll ich dabei etwas fürs Mittag- oder Abendessen einkaufen?»

«Was weiß denn ich? Glauben Sie wirklich, das ist meine Aufgabe? Meinen Sie, ich bezahle Leute, nur um mich dann doch selbst um alles kümmern zu müssen?»

«Nein, natürlich nicht, Madame. Ich mache das schon.»

«Sie verstehen wirklich gar nichts. Sie werden bezahlt – und das nicht zu knapp –, um für Pépette zu sorgen. Punkt. Sie müssen halt zusehen, dass was im Kühlschrank ist, die Köchin nehme ich nämlich für die Woche mit. Bei Richards Konferenzen wird immer so schlecht und so viel gegessen.»

Die Köchin? Aber ich habe hier noch nie eine Köchin gesehen. Ich verstehe wirklich gar nichts mehr!

«Okay. Und wann dürfen wir Sie zurück erwarten?»

«Wann immer ich möchte. Ihnen gegenüber werde ich sicher nicht Rechenschaft ablegen müssen. Und nun raus mit Ihnen. Ich habe wichtige Dinge zu erledigen.»

Ihre Fingernägel, oder was?, dachte Rose.

«Aber wo ist Pépette?», fragte sie stattdessen vorsichtig.

«In meinem Bett, was glauben Sie denn? Ich habe ja ein Herz und lasse mein armes Baby nicht vor der Tür schlottern.»

Sonst wäre der Hund längst tiefgefroren wie alles andere auch.

Véronique Lupin betrat ihr Schlafzimmer, griff nach dem kleinen Tier, das unter den Decken seines Frauchens noch selig schlief, und reichte es Rose.

«Und zeigen Sie ein wenig Initiative, Herrgott! Ich werde mehrere Tage fort sein, da müssen Sie auch allein zurechtkommen. Georges kann Sie absetzen, wo Sie wollen, aber Sie sind für alles hier verantwortlich. Ich werde übrigens demnächst einige wichtige Leute einladen. Dafür muss Pépette in Topform sein und uns vielleicht ein paar kleine Kunststücke vorführen können.»

«Wichtig inwiefern?»

«Sie haben politisch etwas zu sagen. Es gibt da diese Herberge für Obdachlose, die der Bürgermeister von Paris gleich hier bei uns in der Nähe bauen lassen will. Stellen Sie sich vor, wie unglaublich tief das Niveau in dieser Gegend sinken würde. Unsere Wohnungen haben bereits zehn Prozent an Wert verloren wegen der vielen Penner, die hier rumstreunen und in unseren Mülltonnen wühlen. Wenn die erst einmal eine feste Bleibe kriegen, wird es noch viel schlimmer. Aber das werden wir nicht zulassen. Wir sind es, die in diesem Land Steuern zahlen, die Frankreich am Leben erhalten. Dabei fällt mir ein, dass ich mal wieder einen Termin bei meinem Finanzoptimierer machen muss ...»

Wenn man sonst keine Sorgen hat ...

Véronique war es gelungen, Rose endgültig zum Schweigen zu bringen, die mit offenem Mund nur ungläubig staunen konnte – und gleichzeitig hoffte, ihre Chefin würde zu lachen beginnen und das Ganze sich als schlechter Witz herausstellen. Doch nichts dergleichen geschah. Erst als Pépette in Roses Arm zu zappeln begann, erwachte sie aus ihrer Starre und beeilte sich, die Wohnung so schnell wie möglich zu verlassen. Sie brauchte frische Luft. Nicht die kalte, sterile Luft in Véroniques Räumen, sondern die von der Straße, die nach Leben roch.

Je schlimmer das Leiden, desto bitterer die Medizin

Véronique Lupin ging Rose gewaltig auf die Nerven. Entschlossenen Schrittes steuerte sie mit Pépette im Schlepptau, die kaum folgen konnte, direkt auf das Café der Batignolles zu. Der charmante Kellner, Edgar, begrüßte sie mit einem strahlenden Lächeln und servierte ihr einen dampfenden Cappuccino, ohne dass sie ihn erst bestellen musste. Er war stets sehr zuvorkommend, und so hatte es sich ergeben, dass sie sich ein wenig näher kennengelernt hatten. Rose kam nur selten mit Fremden ins Gespräch, aber sich mit Edgar zu unterhalten tat ihr gut. Zum ersten Mal seit langem war sie irgendwo zum Stammgast geworden.

Sie dachte an Colette, die so schwer zu durchschauen und geheimnisvoll war. Anscheinend hatte sie nicht immer so zurückgezogen gelebt, auch wenn man es sich kaum vorstellen konnte. Georges, der Chauffeur, hatte ihr erzählt, dass sie früher ihr eigenes Auto gehabt und ihr ganzes Leben lang gearbeitet hatte, obwohl sie es nicht gemusst hätte. Viele Stunden ihrer Zeit hatte sie anderen gewidmet. Er hatte Rose eine ganz andere Colette beschrieben als die, die sie kannte, eine dem Leben und der Außenwelt zugewandte, hilfsbereite Frau, die gern unter Menschen war. Was Rose nur noch neugieriger machte. Was war bloß geschehen, dass Colette sich inzwischen so stark abschottete?

Der kleine Hund zu ihren Füßen begann unruhig zu werden, aber Rose hatte überhaupt keine Lust, in Véroniques Kühlräume zurückzukehren. Als hätte Edgar gespürt, dass sie gern noch bleiben wollte, bot er ihr eine Tasse heiße Schokolade an, während er dem Hund ein Stück vom Tisch entfernt mit Hilfe eines Croissants vom Vortag einfache Dressurübungen beibrachte. Er stellte es ziemlich geschickt an, und der kleine Spitz machte bereitwillig mit. *Sitz, Platz, wieder hoch*, ein Zipfel Croissant. Rose beobachtete die beiden von weitem und genoss die kurze Pause. Sie griff nach der Zeitung und überblätterte gerade die Rubrik «Aktuelle Meldungen», als eine gut gelaunte Gruppe das Café betrat. Edgar begrüßte sie, und sie setzten sich an den Nachbartisch.

«Rose, darf ich Ihnen meine Freunde vorstellen», wandte er sich dann wieder an sie. «Das sind Morgane, Isabelle, Anne und Laurent. Sie sind allesamt Händler, die ihre Geschäfte in den umliegenden Straßen haben und ihren Tag immer hier gemeinsam mit einem Kaffee beginnen. Das ist ein Ritual! Morgane führt das Kinderbekleidungsgeschäft, Isabelle die Bäckerei, Anne den kleinen Trödelladen. Und Laurent ist Blumenhändler und Landschaftsgärtner.»

Rose begrüßte die vier mit einem schüchternen Nicken. Sie lächelten ihr zu, winkten oder schauten sie freundlich an. Es war nicht viel, doch für Rose war es eine ganze Menge.

«Rose ist vor kurzem hier ins Viertel gezogen», erklärte Edgar ihnen unterdessen. «Sie arbeitet für Madame Lupin, die junge. Véronique.»

Alle warfen sich vielsagende Blicke zu. Isabelle, die Bäckerin, sah sie mitfühlend an. «Ja, stimmt, ich habe den Hund erkannt!»

Laurent, der Blumenhändler, rief lachend: «Madame, ich muss Sie bewundern!»

Rose lächelte verlegen. «So schlimm ist sie?»

«Aber nein! Die übertreiben», behauptete Anne.

«Sie haben ein kleines Baby, oder?», erkundigte sich Morgane. «Ich habe Sie nämlich neulich in meinem Geschäft gesehen, wo sie sich die Strampelanzüge angeschaut haben.»

Rose merkte, wie ihr die Tränen in die Augen schossen. Nein, sie würde nicht gleich bei der ersten Frage zusammenbrechen. Die Händler sahen nett aus, und es wäre schade, wenn sie sie für depressiv hielten.

Zum Glück ergriff in dem Moment Edgar das Wort: «Das soll ja wohl ein Witz sein! Rose hat schon einen achtzehnjährigen Sohn! Auch wenn man's gar nicht glauben würde.»

«Stimmt, Sie sehen viel jünger aus», bestätigte Anne prompt.

Rose merkte, wie ihre Wangen zu glühen begannen. «Sie schmeicheln mir!»

Edgar servierte der Gruppe Kaffee und bestätigte dann genau das, was sich Rose gerade gefragt hatte. «Wissen Sie, Rose, sie alle kennen Colette! Als sie noch rausging, haben sie regelmäßig mit ihr zu tun gehabt.»

«Es ist schade, ich habe sie gemocht!», kommentierte Laurent, während er ein riesiges Stück Erdbeerkuchen verschlang. «Sie kam jede Woche bei mir vorbei und kaufte für sich einen Strauß Nelken. Einmal wollte ich ihn ihr schenken, aber sie weigerte sich, ihn anzunehmen! Ich erinnere mich noch genau, wie sie zu mir gesagt hat: ‹Sie wissen doch, Nelken zu verschenken bringt Unglück!› Sie war wirklich drollig, die alte Dame!»

«Das habe ich gar nicht gewusst», meldete sich Morgane zu Wort. «Ich schenke meiner Schwiegermutter oft Nelken. Wobei – vielleicht sollte ich es weiterhin tun. Ihre deplatzierten Anspielungen kann ich echt kaum noch ertragen. ‹Langsam wäre es doch Zeit, an ein Baby zu denken ...› Oder: ‹Die biologische Uhr tickt ...› Als wäre es nicht schon schwer genug, darauf zu warten, dass es endlich passiert.»

«Ich sag's dir, ich spüre es, dein nächster Besuch in der Kinderwunschklinik wird erfolgreich sein», versuchte Anne, sie aufzumuntern und zu trösten.

Sie kreuzten alle die Finger und klopften auf die hölzerne Tischplatte oder gegen ihren Kopf, um dem Pech ein Schnippchen zu schlagen. Rose war sehr gerührt zu erleben, wie mitfühlend die Gruppe war.

Rose fand die zierliche Morgane sympathisch, die mit ihrer rauen Stimme zunächst so robust gewirkt hatte, aber als die Gefühle sie übermannten, plötzlich verletzlich erschien.

«Colette war auch eine meiner besten Kundinnen», sagte sie nun. «Am Anfang dachte ich, sie würde als Großmutter Geschenke für ihre Enkel kaufen, bis ich kapiert habe, dass sie die Sachen an verschiedene Organisationen spendete. Sie hat mir erzählt, dass ihre abgedrehte Tochter keine Kinder wollte. Ich hatte den Eindruck, dass sie darüber traurig war. Manchmal läuft's echt dumm im Leben, sie wäre eine super Oma gewesen.»

«Es ist immer seltsam, wenn Stammkunden plötzlich nicht mehr kommen. Früher ging sie selbst einkaufen, holte bei mir Brot und ihre *chouquettes*. Ihre Tochter schickt meist ihre Angestellten. Und die bleiben selten lange. Das sage ich nicht, um Ihnen Angst zu machen, Rose, aber die meisten geben auf, weil Véronique einfach unerträglich ist.»

Erstaunt hörte Rose, was die Händler über Colette und ihr «früheres Leben» erzählten, und wurde nur noch neugieriger. «Entschuldigung, aber es klingt ja so, als wäre sie tot», stellte sie nach einer Weile fest. «Das hört sich an wie ein Nachruf. Colette lebt aber noch!»

Edgar lächelte zustimmend. Und Laurent antwortete verlegen: «Ich muss zugeben, dass ich das am Anfang geglaubt habe, als sie nicht mehr vorbeikam.»

«Ich auch», pflichtete Isabelle ihm bei.

«Hat sie den Bauerntisch noch, den ich ihr vor einigen Jahren verkauft habe?», erkundigte sich Anne. «Sie hat sich oft in meinem Geschäft umgeschaut. Sie liebte alte Dinge, die eine Seele haben. Bei ihrer Tochter gäbe es so etwas nicht, meinte sie immer.»

Langsam verstand Rose, warum sie sich so zu Colette hingezogen fühlte. Sie schien genauso sensibel wie sie selbst zu sein. Sie waren aus dem gleichen Holz geschnitzt und sich im Grunde sehr ähnlich.

Und während sie die anderen betrachtete, hatte sie plötzlich eine großartige Idee.

Vor Wut schäumen

Colette saß in ihrem Clubsessel und las die Zeitung, die Rose ihr am Morgen mitgebracht hatte, als es an der Tür klingelte. Sie war überrascht. Rose hatte doch einen Schlüssel. Sie tat so, als hätte sie nichts gehört, und vertiefte sich wieder in den Artikel, den sie gerade studierte, als es erneut klingelte.

Leise vor sich hin schimpfend, trottete sie schließlich zur Tür. Durch den Spion sah sie mehrere Personen.

Sie wich einen Schritt zurück, entschlossen, niemandem zu öffnen, der ihr etwas verkaufen wollte, und noch viel weniger den Zeugen Jehovas. Zu einer Diskussion über Mystik war sie wirklich nicht aufgelegt. In dem Moment schwang die Tür auf.

«Überraschung!», rief Rose aufgeregt. «Erinnern Sie sich an diese Herrschaften hier, Colette? Anne, Morgane, Laurent und Isabelle. Edgar wäre auch gern mitgekommen, aber er muss leider arbeiten – Colette brauche ich euch ja nicht vorzustellen, ihr kennt sie besser als ich.»

Colette rückte ihre Brille zurecht und betrachtete die Gruppe, die den Eingang verstellte. Fremd waren sie ihr nicht, aber im Moment fiel es ihr schwer, sie einzuordnen. Vor allem fragte sie sich, warum sie sich ausgerechnet vor *ihrer* Tür die Beine in den Bauch standen wie Austern, die auf die Flut warten.

«Ja, ich glaube schon ... Die Gesichter kommen mir bekannt vor ... Ah ja, sicher, natürlich! Kommen Sie rein!»

Colette tat so, als würde sie sich freuen, aber sie war eine miserable Schauspielerin.

Rose lächelte angespannt. «Setzt euch!», forderte sie ihre Gäste dann auf. «Ich habe eine Kleinigkeit zu essen besorgt, und danach gibt es noch ein Dessert, das Colette heute Morgen vorbereitet hat. Dass Sie so viele Gäste haben würden, damit haben Sie nicht gerechnet, oder? Ich bin so aufgeregt! Und Sie? Geht es Ihnen gut, Colette, freuen Sie sich?»

Der Bauerntisch hatte sechs Plätze, und endlich waren einmal alle besetzt. Colette stand am Ofen und überwachte den *far breton*, den Auflauf mit Backpflaumen, den sie behutsam aufwärmte. In der Küche herrschte betretenes Schweigen. Langsam begann Rose daran zu zweifeln, ob die Idee wirklich so gut gewesen war, wie sie sich ausgemalt hatte.

Morgane, Anne, Isabelle und Laurent hatten Colette zu einer Zeit gekannt, als sie noch auf eigene Faust das Haus verließ. Und sie schätzten sie alle sehr. Doch als sie jetzt um den Tisch herumsaßen und den neuesten Tratsch aus dem Viertel erzählten, sprang der Funke nicht über.

Zur Erinnerung an eine noch gar nicht allzu lange vergangene Zeit und um der alten Dame eine Freude zu machen, hatte Isabelle aus der Bäckerei *chouquettes* mitgebracht und Laurent einen Strauß Nelken. Doch immer wieder erstarb das Gespräch. Nachdem Colette jedem ein Stück Auflauf serviert hatte, setzte sie sich zwar zu ihnen an den Tisch, aber sie hörte nur mit halbem Ohr zu und wandte sich bald wieder ihrem Kreuzworträtsel zu, ehe sie unvermittelt den Raum verließ. Als sie nach fast einer halben Stunde nicht zurückgekehrt war, mussten die Händler aufbrechen, da ihre Mittagspause zu Ende war. Ihre Mägen waren voll (insbesondere Laurents, der sich zweimal von dem Dessert nachgenommen hatte), aber ihre Herzen schwer.

Als Colette nach der x-ten Dusche mit nassen Haaren in die Küche zurückkam, konnte sich Rose eine Bemerkung nicht verkneifen: «Das hätte jetzt aber wirklich nicht sein müssen, Colette. Ich habe mir die Mühe gemacht, Leute einzuladen, die Sie kennen, und Sie ignorieren sie einfach und gehen lieber duschen! Das gehört sich wirklich nicht. Entschuldigen Sie, dass ich das so deutlich sagen muss.»

Colette sah sie mit großen Augen an und schien erst gar nicht zu verstehen, was Rose ihr vorwarf. Sie wollte die Küche schon wieder verlassen, um sich der Diskussion zu entziehen, als sie sich doch eines Besseren besann. «Haben Sie mich denn vorher gefragt, was ich davon halte?», wollte sie wissen.

Verunsichert rutschte Rose auf ihrem Stuhl herum. Sie fühlte sich plötzlich ertappt. *Wie, was sie davon hält? Wovon genau?*

«Sie glauben wohl immer zu wissen, was für andere gut ist. So jemand sind Sie, nicht wahr?»

«Ich dachte, ich würde Ihnen eine Freude bereiten, Colette. Das sind alles Menschen, die Sie sehr schätzen!»

«Vielleicht wollte ich aber nicht überrumpelt werden. Sie haben keine Ahnung, wie ich mich fühle. Woher nehmen Sie sich das Recht?»

Rose ließ sich nicht beirren: «Das also ist Ihre Entschuldigung? Wie lange wollen Sie sich noch dem Leben verschließen, Colette? Ich werde hier nicht weiter arbeiten können, wenn ich Ihnen nicht helfen darf. Ich fühle mich so unnütz wie ein weißer Buntstift!»

«Wissen Sie was, Rose: Dann lassen Sie es doch einfach! Hören Sie auf, sich um mich zu kümmern, oder zu versuchen, mich zu retten. Ich habe Sie nicht darum gebeten. Natürlich wünsche ich mir die alten Zeiten zurück, ein normales Leben, die Farben des Himmels zu sehen und die frische Luft der Bäume einzuatmen, den Duft der Blumen im Park. Aber das geht nun mal nicht. Und übrigens, falls Sie es noch nicht bemerkt haben sollten: Ihr Leben ist noch verpfuschter als meins. Sehen Sie sich doch an, wie meine Tochter Sie gängelt. Was Sie bräuchten, wäre ein ordentlicher Tritt in den Hintern! Schade, dass sich niemand genug für Sie interessiert, um Ihnen einen zu geben.»

Wie vom Schlag getroffen, fiel Rose fast vom Stuhl.

Es geht ans Eingemachte

Colette hatte gemerkt, dass sie zu weit gegangen war, und versuchte, ihr Verhalten wiedergutzumachen – ironischerweise, indem sie nun Rose ihre Hilfe anbot: «Wenn Sie möchten, könnte ich diejenige sein, die Ihnen in den Hintern tritt. Mit vierzig bleibt Ihnen noch viel Zeit für einen Kurswechsel. Ihr Leben ist noch nicht komplett vorbei.»

«Sechsunddreißigeinhalb, bitte! Wollen Sie mich so etwa aufmuntern? Das können Sie sich sparen.»

«Zunächst einmal brauchen Sie Freunde. Lassen Sie die Unverbindlichkeiten und fangen Sie an, echte Beziehungen aufzubauen. Was ist mit Laurent und der ganzen Bande? Tun Sie es für sich, nicht für mich. Wenn Ihre Schwester Paris erst verlassen hat, werden Sie froh sein, einige nette Leute zum Plaudern zu haben.»

Rose glaubte, ihren weisen Vater zu hören, der ihr immer genau das Gleiche geraten hatte. Man könnte meinen, Colette wüsste sie ebenso gut einzuschätzen wie er.

«Wissen Sie, dass es mir schwerfällt, mich anderen anzuvertrauen? Es ist kein Zufall, dass meine Schwester meine beste Freundin ist.»

«Wir werden Ihre Probleme lösen, eins nach dem anderen. Sollen wir in der Küche anfangen? Ich weiß ja auch nicht, wie man einen Mann festhält, aber um ihn erst mal auf sich aufmerksam zu machen, muss man ihn beeindrucken – und ich bin mir nicht sicher, ob Ihre Tiefkühlgerichte dafür so geeignet sind. Deshalb seien Sie doch so gut und kaufen nach Ihrem morgendlichen Kaffee die Zutaten ein, die ich Ihnen aufschreiben werde, und dann bringe ich Ihnen jeden Tag ein neues Gericht bei. Vielleicht hat dieses ganze Missverständnis letztlich doch noch seinen Sinn.»

«Meine Tiefkühlgerichte sind wunderbar, wo liegt das Problem?», erwiderte Rose trotzig. «Aber gut, warum nicht? Dann sind wir wenigstens beschäftigt.»

«Und noch eins, Rose. Seien Sie selbstbewusster!»

«Aber ich bin selbstbewusst.»

«Ich meine gegenüber anderen ... Fangen Sie mit dem Hund an. Bei ihm haben Sie nichts zu verlieren. Ich sehe es doch genau, Sie wollen nur, dass er Sie in Ruhe lässt.»

Der Widerspenstigen Zähmung

Nachdem Rose mehr als zwanzig Minuten lang Pépettes blöde Leine gesucht hatte, war sie endlich bereit für ihre Turbo-Tour durchs Viertel. Im Lift warf die kleine Töle ihr die ganze Zeit neugierige Blicke zu, als würde auch sie gerade erst entdecken, dass es eine Welt dort draußen gab.

Zuerst gingen sie in den Park, für einen kurzen Spaziergang und (in Pépettes Fall) die Erleichterung der Blase. Da Rose den altmodischen Einkaufstrolley dabeihatte, zu dem Colette ihr dringend geraten hatte, denn «Kartoffeln sind schwer wie Blei», kamen sie nicht gerade schnell voran. Überdies zeigte sich der Hund alles andere als kooperativ. Als er sich weigerte weiterzugehen, war Rose kurz davor, ihn hinter sich herzuzerren. Auf die Erpressungsversuche dieses Leichtgewichts würde sie sich sicher nicht einlassen. Wenn es ihr nicht einmal gelang, sich gegen diesen kleinen Kläffer durchzusetzen, wie sollte es ihr dann bei anderen Menschen gelingen?

Offensichtlich war der hübsche und tadellos frisierte Zwergspitz es nicht gewohnt, sich auf eigenen Pfoten vorwärtsbewegen zu müssen. Rose fiel die Louis-Vuitton-Tasche ein, die sie an der Garderobe gesehen hatte und in der Véronique ihn wahrscheinlich transportierte, wenn sie ihn mitnehmen wollte. Aber bei ihr galten andere Regeln, und das hieß, *Minus* musste laufen.

Nach einer Stunde war der Gang durch den Park noch immer nicht beendet. Entnervt blickte Rose auf das Tier, das ausgestreckt auf der Seite lag und sich anscheinend damit abgefunden hatte, den Rest des Wegs wie ein Klotz gezogen zu werden, als ihr eine Werbung in den Sinn kam, die gesündere Zähne für fröhlichere Hunde versprach und sie auf eine Idee brachte. Sie holte eins der Leckerlis aus der Tasche, die sie am Morgen gekauft hatte, und hielt es *Mademoiselle Mürrisch* hin.

Sofort war der kleine Hund auf den Beinen, kam auf sie zugelaufen und nahm den Knochen zwischen seine winzigen Zähne. Rose nutzte die Gelegenheit, um voranzukommen, und tatsächlich trottete er von da an friedlich kauend hinter ihr her. Gepinkelt hatte er allerdings immer noch nicht.

Später machte sie beim Einkaufen in den kleinen Läden des Viertels einige erstaunliche Entdeckungen, zum Beispiel, dass es Hacksteak auch ohne Plastikverpackung gab und es ursprünglich ein schönes Stück rotes Fleisch war, das dann durch den Wolf gedreht wurde. Rose dachte bei sich, dass sie Pépette das nächste Mal bei dem Spektakel zusehen lassen würde, damit sie endlich aufhörte, sich so aufzuführen, auch wenn sie eindeutig dramatisches Talent besaß. Prompt begann sie zu bellen, nachdem sie ihr Leckerli aufgefressen hatte. Und sobald Rose sich umdrehte, um sie zu ermuntern, ihre Notdurft zu verrichten, bevor sie in die Wohnung zurückkehrten, verlangsamte sie auf der Stelle ihr Tempo. Mit allen Mitteln versuchte sie, Rose dazu zu bringen, ein weiteres Leckerli herauszurücken. Doch Rose war nicht Véronique und würde sich nicht von einem manipulativen Wollknäuel umstimmen lassen.

Direkt vor der Haustür erleichterte sich der kleine Hund dann natürlich doch noch ausgiebig, was ihnen einen verärgerten Blick der Concierge einbrachte. Rose grüßte sie daraufhin nur kurz und beeilte sich, an ihr vorbeizukommen. Dabei murmelte sie leise, dass sie erwartet würde. Doch hatte sie es wirklich so eilig, zu Colette zurückzukehren, Kartoffeln zu stampfen und ein vorbildliches *hachis parmentier* herzustellen? Zumal ihr Appetit auf einen deftigen Auflauf aus Hackfleisch und Kartoffeln angesichts dieser stickigen Juni-Hitze eher begrenzt war. Colette sollte ihr lieber beibringen, wie man Paella oder Gazpacho zubereitete. Das wäre passender.

Als Rose die Wohnung betrat, lag Colette mit ernster Miene auf Véroniques Sofa. Rose begann sofort, sich zu entschuldigen. Der Hundespaziergang habe leider doppelt so lange gedauert wie ursprünglich geplant. Colette schien sie jedoch gar nicht zu hören. Wie gebannt starrte sie ins Leere. Rose sprach sie noch mehrfach mit ihrem Namen an, fühlte sich jedoch wie bei einer automatischen Telefonansage: «Ihr Gesprächspartner ist gerade anderweitig beschäftigt und ruft Sie später zurück.» Bei

Colettes unerschütterlichem Charakter wahrscheinlich im nächsten Jahrtausend. Sie war wie unter Hypnose. Vielleicht war sie Schlafwandlerin und befand sich gerade in tiefer Trance.

«Und, machen wir jetzt das *hachis*?», fragte Colette plötzlich und erhob sich.

Rose fuhr zusammen. Sie musste an Lilis Worte denken: *Für leichte Fälle stellt niemand eine Gesellschaftsdame ein ...* Eins stand fest, es würde kein Zuckerschlecken werden: Colette hatte es faustdick hinter den Ohren.

Montag gibt's Kartoffeln

Die zierliche Colette mit ihren höchstens fünfundvierzig Kilo lief hinter dem Herd zu erstaunlicher Form auf. Das Rezept mochte einfach sein, erforderte aber trotzdem Organisation. Genauestens wachte sie über jeden einzelnen Handgriff, und Rose spielte brav die Gehilfin. Wenn sie ehrlich war, stellte sie sich allerdings absolut blöd an und war nicht wirklich eine Hilfe. Vielleicht sogar eher das Gegenteil. Sie hatte noch nicht einmal ein Viertel der Kartoffeln geschält. Bis sie mit diesem verdammten Sparschäler einigermaßen zurechtgekommen war, hatte Colette bereits vier Kartoffeln geschält, klein geschnitten und abgespült.

Colette beobachtete Rose und fragte sich ernsthaft, wie man sich so dumm anstellen konnte ... Rose für ihren Teil wusste bereits, dass sie nie wieder mit Colette kochen und auch nie wieder ein *hachis parmentier* zubereiten würde. *So viel Mühe und verlorene Zeit, wenn es dieses Gericht doch wunderbar fertig zu kaufen gibt*, dachte sie bei sich. Nur um der alten Dame einen Gefallen zu tun, machte sie weiter mit. Aber Colette musste einsehen, dass aktive Frauen von heute auch noch andere Dinge zu tun hatten und nach einem langen Arbeitstag nicht noch stundenlang den Kochlöffel schwingen wollten.

Vergeblich versuchte Rose, das Thema zu wechseln. Nicht dass sie sich gar nicht für Kartoffelpressen interessierte, viel spannender aber hätte sie es gefunden, mehr über diese eigenwillige Frau zu erfahren, darüber, was sie früher gemacht hatte, und über ihre Beziehung zu anderen, insbesondere zu ihrer Tochter ... Doch alle Versuche wurden mit einer neuen strengen Anweisung zum nächsten Schritt im Rezept beendet. Vielleicht war Kochen eine zu ernste Angelegenheit, als dass Colette gleichzeitig plaudern konnte. Rose fing sogar an, mit ihr über ihr eigenes Leben zu sprechen, um das Eis zu brechen, doch sofort fuhr ihr die Küchenchefin über den Mund und ließ sich nicht einmal davon beeindrucken, dass Rose Tränen in den Augen standen: «Die Zwiebeln feiner bitte!»

Sobald der Auflauf im Ofen war, mahnte Colette, dass sie sich um das Dessert kümmern sollten, eine *Crème brûlée.*

Bei der ist doch das Hirn «brûlé», dachte Rose.

«Hätten Sie nicht stattdessen Lust auf meine Spezialität? So ein Apérol Spritz zur Erfrischung würde uns guttun, glaube ich. Zumindest ich könnte jetzt einen gebrauchen. Was meinen Sie, Colette?»

«Wenn Sie kein Problem damit haben, während der Arbeit zu trinken, tun Sie sich keinen Zwang an ... Ich für meinen Teil trinke nicht gern allein – im Gegensatz zu meiner Tochter.»

«Sie haben recht, Colette. Machen wir uns lieber einen Virgin Mojito. Der ist wie ein Mojito, nur ohne Alkohol. Und tut bei dieser Hitze gut! Vielleicht gehen wir einen Moment zu Véronique runter, wenn es Ihnen nichts ausmacht. Die Klimaanlage wird uns erfrischen. Ich habe richtige Hitzewallungen. Wenn ich nicht erst sechsunddreißig wäre, würde ich glauben, ich wäre schon ...»

«Haben Sie noch nie von vorzeitigen Wechseljahren gehört?», fragte Colette, die sich bei Rose untergehakt hatte, damit sie ihr die letzten Stufen hinunterhalf.

Wie du mir, so ich dir!

Noch nie war Rose nach einem alkoholfreien Cocktail so beschwipst gewesen. Man hätte meinen können, sie hätte sich aus Versehen doch etwas Stärkeres hineingemixt. Selbst Colette war letztlich ein bisschen gesprächiger geworden. Der kleine *Pastis* zu ihren Füßen ließ sich nicht das kleinste bisschen ihres Gesprächs entgehen, genauso wenig wie die Krümel der selbstgebackenen Grissini mit Sesam, die Rose unter der strengen Aufsicht ihrer Lehrmeisterin zubereitet hatte.

Während Colette nach wie vor so wenig wie möglich von sich selbst preisgab, stellte sie viele Fragen: «Eins verstehe ich nicht, Rose. Sie haben Ihr *baccalauréat* gemacht und bestanden, nur um dann nichts daraus zu machen und in Vollzeit Kindermädchen zu werden?»

«‹Vollzeitmutter› wäre richtiger. Baptiste wurde geboren, was nicht geplant war. Einige würden es ‹jugendlicher Ausrutscher› nennen. Ich nenne es ‹die schönste Überraschung meines Lebens›. Auch wenn sein Vater nicht an meiner Seite war, stand fest, dass dieses Baby das Beste war, was mir passieren konnte. Die ersten drei Jahre habe ich dann als Tagesmutter gearbeitet.

Das erschien mir damals die beste Möglichkeit, um bei ihm sein zu können und gleichzeitig Geld zu verdienen, indem ich mich um andere Kinder kümmerte. Danach bin ich mehr oder weniger dabei geblieben, weil es sich einfach anbot, nur dass ich dann zu den Familien nach Hause gegangen bin. Seitdem sind achtzehn Jahre vergangen. Als ich schwanger wurde, hatte ich mich gerade für die Aufnahmeprüfung in der Krankenpflegeschule vorbereitet. Ich war gut, aber die Prüfung habe ich dann leider nicht mehr machen können.»

«Und Sie haben es auch später nicht versucht?»

«Nein, ich habe mich damals dagegen entschieden. Und jetzt ist es zu spät.»

«Zu spät, das sagen Sie die ganze Zeit! Sie sind wirklich deprimierend ... Glauben Sie mir, wenn man sich immer nur um andere kümmert, vergisst man am Ende sich selbst. Ihr Sohn wird nie ermessen können, wie viele Opfer Sie für ihn erbracht haben.»

«Das sind keine Opfer. Ich habe nur meine Pflicht getan. Außerdem bin ich es gewohnt. So ist es eben. Ich habe die Bedürfnisse der anderen immer über meine eigenen gestellt ... Ja, ich bin sehr jung Mutter geworden. Und ich bin damit zurechtgekommen, weil ich vorher schon für meine große Schwester und meinen Vater gesorgt habe. Meine Mutter hat uns nämlich verlassen, als ich zehn Jahre alt war. Sie können sich denken, dass die Mahlzeiten, die ich ihnen serviert habe, nicht gerade *haute cuisine* waren, aber ich habe mir Mühe gegeben, und sie haben sich nie beschwert. Dieses Jahr ist mein Vater nun gestorben. Aber das Beste wissen Sie ja noch gar nicht … Jetzt könnte ich wirklich einen kleinen Muntermacher gebrauchen. Halten Sie es, wie Sie wollen, Colette.»

Rose erhob sich, ging die Flasche Rum holen und goss einen ordentlichen Schuss daraus in ihr Glas, womit ihr Drink nun alles andere als *virgin* war.

«Das Beste?», hakte Colette nach.

«Das Beste ist, dass ich in einigen Monaten Großmutter werde. Und ja! Jetzt fehlen mir nur noch vorzeitige Wechseljahre, wie Sie sagen, und alles passt zusammen!»

Ein wenig zu schwungvoll stellte Rose ihr Glas ab und begann sich dann bei Colette zu entschuldigen. «Tut mir leid. Ich wollte Sie nicht mit meinen persönlichen Problemen langweilen. Ich bin zu weit gegangen. Mich belastet das alles eben sehr, und abgesehen von meiner Schwester habe ich niemanden, mit dem ich reden könnte … Wenn meine Mutter noch da wäre, hätte sie mir vielleicht helfen können.»

«Wissen Sie, auch wenn Ihre Nächsten noch in der Nähe sind, heißt es nicht unbedingt, dass sie gute Ratgeber sind. Ihre Mutter hätte in einer vergleichbaren Situation sicher nicht besser gehandelt als Sie.»

Schweigend und in Gedanken versunken sahen sich die beiden Frauen an, ehe Rose ihr Glas in einem Zug leerte und den Sprung ins kalte Wasser wagte: «Und? Was machen wir beide? Diese Woche, meine ich. Gibt es vielleicht etwas, das Ihnen Freude bereiten würde? Ich schwöre Ihnen, dass ich Sie nicht zwingen werde.»

Colette antwortete nicht. Sofort hatte sie wieder

das Gefühl, in die Falle gelockt zu werden. Man wollte sie angeblich nie zu etwas zwingen, verurteilte sie aber ständig. Man bezeichnete sie als «faul», befand, «dass sie übertreibe», und immer wieder hörte sie: «Gib dir doch wenigstens von Zeit zu Zeit mal Mühe, so schwer ist es doch nicht!» Aber sie musste nichts und niemandem etwas beweisen.

Sie wusste, dass sie nicht immer so gewesen war. Nur zu gut erinnerte sie sich noch an die schmale Landstraße, an den Tag, an dem alles aus den Fugen geraten war. Sie war auf dem Weg zum Büro der Vereinigung junger alleinerziehender Mütter gewesen, wo sie ehrenamtlich tätig gewesen war. Eine aktive Rentnerin, wie es sie selten gab, hatte sie die anderen über sich sagen hören. Doch plötzlich hatte sie die Panik ergriffen, ihr Körper hatte zu zucken begonnen, und sie hatte sich nicht mehr kontrollieren können. Sie war vollkommen machtlos gewesen und hatte das Gefühl gehabt zu ersticken. Zu sterben. Das Auto war unterdessen eigenständig weitergefahren, Meter für Meter, mit eingeschalteter Warnblinkanlage, bis es schließlich auf einem kleinen Erdwall zum Stehen gekommen war. Mehr als eine Stunde lang hatte sie nicht mehr aufhören können zu schluchzen. Aus Angst. Krämpfe hatten sie geschüttelt, und ihre Augen waren blind gewesen von jahrelang zurückgehaltenen Tränen. Sie hatte das Gefühl gehabt, einen Punkt erreicht zu haben, von dem es kein Zurück mehr gab. Im nächsten Stadium angekommen zu sein. Es war nicht ein bestimmtes Ereignis gewesen, das zu dieser Situation geführt hatte – dem Gefühl, versagt zu haben, das sie durch ein aktives Sozialleben jahrelang erfolgreich unterdrückt hatte, bis zu jenem Tag.

Hinter ihr im Rückspiegel hatte sie einen Fußgängerüberweg mit einem Schild gesehen, das auf eine naheliegende Schule hinwies. Was, wenn sie ein Kind überfahren hätte? Zum ersten Mal hatte sie verstanden, dass sie durch ihren aufgestauten Frust zur wandelnden Gefahr für andere geworden war. Diese Erkenntnis hatte sie seitdem nicht mehr losgelassen und zu der Überzeugung geführt, dass die Welt da draußen für sie nicht mehr gut war. Folglich hatte sie beschlossen, nicht mehr Auto zu fahren und ihr ganzes ehrenamtliches Engagement aufzugeben. Kurz, das Haus nicht mehr zu verlassen. Um keine Gefahr mehr darzustellen.

Colette war bewusst geworden, dass sie in dem Glauben, Gutes zu tun, jahrelang Katastrophen heraufbeschworen hatte. Die größte war ihre eigene Tochter, Véronique, die vor ihren Augen zu einem egoistischen Monster geworden war, das sich unter einer dicken Schicht Oberflächlichkeit verbarg. Sie hatte es nicht gemerkt! Da sie sich Hals über Kopf in ihre Hilfsprojekte gestürzt hatte, war ihr entgangen, dass sie Véronique vernachlässigte. Jedem jämmerlich ausgesetzten Hund hatte sie mehr Aufmerksamkeit geschenkt als ihrer eigenen Tochter. Seitdem plagte sie das schlechte Gewissen. Véronique hatte eine Therapie gemacht, die ihre eigenen Traumata zum Vorschein brachte. Und Colette hatte zugeben müssen, dass sie es nicht hatte sehen wollen. Sie hatte schlicht nicht mitbekommen, wie schlecht es Véronique gegangen war, ihre Bulimie und ihre Verwundbarkeit waren ihr einfach entgangen. Seitdem wurde sie dafür bestraft, so blind gewesen zu sein.

Véronique rächte sich an ihr, indem sie ihre Mutter mit Nichtachtung strafte, so wie sie sich selbst jahrelang nicht beachtet gefühlt hatte. Die Liebe, die sie ihrem Hund schenkte, war wie eine Provokation. Colette hatte sich dem gefügt, wie sollte sie auch an etwas Freude haben, wenn sie ganz offensichtlich weniger Aufmerksamkeit verdient hatte als ein Hund?

Als Rose ihr noch einmal vorschlug, spazieren zu gehen, in den Park, um die Vögel zwitschern zu hören und einen Cappuccino unten im Café zu trinken, hätte sie ihr genau das gern erzählt. Nicht um sich zu entschuldigen oder um rehabilitiert zu werden. Auch nicht um ihren inneren Frieden zu finden. Sondern damit Rose verstand, wer sie *vorher* gewesen war. Doch Colette schwieg und antwortete nur zum x-ten Mal mit einem kurzen «Nein».

Sag's durch die Blume

Rose saß vor ihrem Cappuccino mit dem Milchschaumherz und erzählte Edgar, was Colette ihr nach dem Überraschungsbesuch vorgeworfen hatte. Sie machte sich Vorwürfe, Colette überrumpelt zu haben; es hatte ihr an Taktgefühl gemangelt. Edgar meinte, in dem Fall sei er froh, dass er hatte arbeiten müssen und nicht dabei gewesen war.

Als Laurent das Café betrat und sah, wie niedergeschlagen Rose war, gesellte er sich zu ihnen. Sie berichtete ihm ebenfalls von dem aufwühlenden Gespräch, das sie mit Colette geführt hatte. Daraufhin schwieg er. Lange. Sehr lange, ohne die Cremeschnitte, die inzwischen vor ihm stand, auch nur anzurühren. Rose blickte fragend zu Edgar, um herauszufinden, ob das Schweigen des Blumenhändlers normal war, als dieser verkündete: «Ich hab's, jetzt weiß ich, was wir für Colette tun können.»

Mit diesen Worten stach er beherzt in seine Schnitte.

Bereits am nächsten Tag begannen sie den Plan in die Tat umzusetzen. Pépette verstand nicht wirklich, was vor sich ging. Ihr weißes Fell färbte sich unterdessen unmerklich grau, was aber niemanden störte.

Laurent schuftete, dass ihm der Schweiß auf der Stirn stand. Rose half ihm, die großen Töpfe zu heben, schnitt und grub. Pépette schien versucht, mitgraben zu wollen, hatte letztlich aber doch zu viel Respekt vor diesem braunen, würzig riechenden Zeug, mit dem sie zuvor noch nie in Berührung gekommen war.

Sie arbeiteten zwei ganze Nachmittage lang. Zwischendurch verbrachte Rose immer wieder ein bisschen Zeit mit Colette, damit diese nichts merkte. Auch bei den Friseur- und Therapieterminen des Hundes musste sie Abstriche machen, aber sie hatte das Gefühl, dass es die Sache dieses Mal wirklich wert war. Es würde eine riesige Überraschung werden.

Als alles fertig war, schlief Rose zufrieden ein, weil sie davon überzeugt war, dass Colette begeistert sein würde.

Aus alt mach neu

Colette schlief noch, als sich Rose über sie beugte, um sie zu betrachten. Die alte Dame wirkte friedlich. Nichts ließ erahnen, wie sehr sie litt und dass sie deshalb einen großen Teil der Nacht wach gewesen war.

Rose konnte es kaum erwarten. Am liebsten hätte sie Colette auf der Stelle geweckt und ihr erzählt, dass sie eine besondere Überraschung für sie hatte. Rose fühlte sich wie sonst nur am Weihnachtsmorgen, wenn sie vor Baptiste aufgestanden und dann in seinem Zimmer auf und ab gegangen war, bis sie ihn schließlich geweckt hatte, um das breite Lächeln auf seinem Gesicht zu sehen, wenn er die vom Weihnachtsmann unter dem Baum deponierten Geschenke erblickte.

Als die große Uhr 9:00 schlug, schrammte Rose absichtlich mit dem Stuhl über den Boden. Colette öffnete kurz ein Auge, drehte sich dann aber wieder um und schnarchte weiter, ohne sie zu beachten.

Verärgert ging Rose in die Küche und begann, alle Schränke zu öffnen und sie dann in einer gewagten Klangabfolge geräuschvoll wieder zu schließen, bis Colette endlich auf der Schwelle erschien.

«Ich hasse es, wenn man mich beim Schlafen beobachtet. Und ich hasse es noch mehr, wenn jemand mit seinen schmutzigen Fingern meine Möbel anfasst. Ich werde alles abwischen müssen. Dabei müssten Sie es doch eigentlich langsam wissen. Also, was verschafft mir die Ehre, dass Sie sich seit mehr als einer Stunde in meinem Apartment herumtreiben?»

«Sie haben mich also bemerkt? Und haben nur so getan, als würden Sie schlafen? Aber das ist Folter! Für mich UND für Sie!»

«Sie hätten mir wenigstens einen Tee kochen können. Der Duft hätte mich schneller aus dem Bett geholt. Und? Was ist passiert? Haben Sie sich mit Ihrem Sohn versöhnt?»

«So toll ist es nun auch wieder nicht. Aber ich habe eine Überraschung für Sie, über die Sie sich ganz bestimmt freuen werden.»

«Nun aber sachte mit den jungen Pferden! Ich mag keine Überraschungen, und Ihre schon gar nicht», erwiderte Colette und schenkte sich eine Tasse Tee ein, mit der sie sich an den Küchentisch setzte. «Ich dachte, das hätten Sie inzwischen kapiert. Gehen wir also einfach davon aus, dass sie mir sowieso nicht gefällt, und wir können direkt mit unserem Kochkurs beginnen. Heute möchte ich Ihnen beibringen, wie man Sauerkraut zubereitet.»

«Das ist zwar nicht gerade die passende Saison dafür, aber gern, sobald Sie meine Überraschung gewürdigt haben.»

«Sie sind ganz schön beharrlich, und das ist noch höflich ausgedrückt!»

«Haben Sie mir nicht selbst gesagt, ich solle selbstbewusster werden?»

«Ja, aber nicht mir gegenüber.»

«Nun kommen Sie erst mal mit, und danach sagen Sie mir, ob ich mich geirrt habe.»

Colette stand auf und schloss sich im Badezimmer ein. Rose musste sich weitere zwanzig Minuten gedulden, in denen sie an nichts anderes denken konnte, als so schnell wie möglich nach oben zu kommen ...

Als Colette endlich ganz in Weiß gekleidet wieder vor ihr stand, hakte Rose sie unter und begab sich mit ihr in den sechsten und obersten Stock des Gebäudes. Sie gingen an Roses kleinem Studio vorbei bis zu dem Schiebefenster am Ende des schmalen Gangs.

«Jetzt müssen Sie beweisen, dass Sie so gelenkig sind wie ein junges Mädchen, Colette. Ich werde Ihnen helfen. Beugen Sie sich vor und steigen Sie dann mit einem Bein nach dem anderen hindurch.»

Im ersten Moment schien sich Colette brav zu fügen, hielt dann aber noch einmal inne. «Sie wissen schon, dass ich keine Lust habe, raus auf die Straße zu gehen? Und über die Feuerleiter schon gar nicht ...»

Rose nahm lächelnd ihre Hand und antwortete: «Ja, ich weiß genau, was Sie gesagt haben. Auch, dass Sie davon träumen, die Farbe des Himmels zu sehen und die frische Luft der Bäume einzuatmen ... Schließen Sie die Augen und vertrauen Sie mir, Colette. Ich führe Sie.»

Seufzend verdrehte die alte Dame die Augen, ehe sie sie dann aber doch schloss. Rose hielt sie gut fest, und gemeinsam stiegen sie durch die große Öffnung. Nachdem sie einige Schritte gegangen waren, sagte Rose zu Colette, sie könne die Augen jetzt wieder öffnen. Colette gehorchte.

Was sich vor ihr auftat, war ein kleines Paradies. Bäume, Blumen, eine hölzerne Bank, ein Springbrunnen, kleine Statuen und Spaliere, an denen Pflanzen emporrankten, um die Mauern zu verbergen. Kurz, Laurent hatte sich als Landschaftsgärtner betätigt und auf dem kahlen Dach eine fünfzig Quadratmeter große grüne Oase geschaffen. Nur für Colette.

Ein Lächeln erschien auf ihrem Gesicht, ehe sie ein Stück vortrat, um die Blätter der Bäume zu berühren und sich über die duftenden Rosen zu beugen.

«Das ist wirklich eine Überraschung!», flüsterte sie. «Ich habe bei Ihnen mit allem gerechnet, aber damit nicht.»

«Ich wollte mich noch mal entschuldigen. Es war falsch von mir, einfach Bekannte von Ihnen aus früheren Zeiten einzuladen, vor allem, ohne Sie vorzuwarnen.»

Colette sah sie lächelnd an und erkundete dann weiter die Botanik auf dem Dach. «Und es gibt sogar einen kleinen Nutzgarten! Ich werde mein eigenes frisches Gemüse haben, ohne rausgehen zu müssen!», stellte sie verschmitzt fest.

«Ich will Sie auch gar nicht mehr aus dem Haus locken, im Gegenteil! Gefällt es Ihnen?» Auch wenn Rose sich fast sicher war, wie die Antwort lauten würde, war sie nach wie vor ein wenig nervös.

«Ja, natürlich. Aber ... aber haben Sie meine Tochter gefragt, ob sie mit diesem kleinen Wunder einverstanden ist?»

Rose lächelte angespannt. An dieses Detail, das sicher Auswirkungen auf ihre Zukunft in diesem Haus haben würde, hatte sie leider nicht gedacht. Colette nahm daraufhin ihre Hand und bedeutete ihr, sich neben sie auf die Bank zu setzen. «Wir müssen ihr ja nichts davon erzählen. Es ist unser Geheimnis. Falls sie es entdeckt, tja, was sage ich, wahrscheinlich wird sie es entdecken, denn sie findet immer alles heraus, die Frage ist nur, wann es so weit sein wird ... Jedenfalls werde ich dann sagen, dass es meine Idee war. Dagegen kann sie nichts einwenden. Immerhin bin ich hier zu Hause.»

«Danke», sagte Rose nur, und ihr war sehr wohl bewusst, dass Colette sie gerade gerettet hatte. «Wie Sie sehen, folge ich Ihrem Rat und lerne, mich abseits der ausgetretenen Pfade zu bewegen.»

«Apropos, wie haben Sie das Ganze denn eigentlich bezahlt? Ich weiß zwar, dass meine Tochter sehr großzügig ist, wenn es um ihren Hund geht, aber ich glaube nicht, dass Sie Ihnen einen Vorschuss gewährt hat.»

«Damit habe ich nichts zu tun, ehrlich nicht. Laurent, der Blumenhändler, hatte vor ein paar Tagen die Idee und bestand darauf, Ihnen den Garten zu schenken. Er wollte Ihnen eine Freude machen. Ich weiß nicht, was Sie für ihn getan haben, doch anscheinend haben Sie bei ihm einen Stein im Brett! Er hat sogar Nelken gepflanzt. Ihre Lieblingsblumen», betonte Rose augenzwinkernd. «Allerdings möchte er die ‹*roof top*-Gestaltung›, wie er sie nennt, gern für seine Website verwenden, um sich bei den Parisern einen Namen zu machen.»

Colette brachte keinen Ton heraus. Es überstieg ihre Vorstellungskraft, wie jemand, den sie nur flüchtig kannte, ihr so ein Geschenk machen konnte.

«Was für eine Webseite? Hat das was mit diesem ‹Fäsbook› zu tun?»

«Nein, aber wenn Sie wollen, kann ich Ihnen seine Seite zeigen, auf der seine Arbeiten zu sehen sind. Er macht nämlich sehr schöne Sachen.»

«Das sehe ich schon hier! Aber wie kann ich ihm danken? Und Ihnen auch, Rose?»

«Was mich angeht, habe ich schon eine Idee. Und Laurent kann ich fragen, auch wenn ich das Gefühl habe, dass er nicht wirklich etwas von Ihnen erwartet. Ich glaube, wenn Sie ihm ein Stück Ihrer selbstgemachten Erdbeer-Charlotte zukommen lassen, ist er glücklich. Er ist nämlich ein Leckermäulchen, falls Sie es noch nicht bemerkt haben sollten. Es war nicht Pépette, die die Reste des *far breton* neulich verputzt hat.»

Colette lächelte. «Wir müssen es schaffen, unseren Garten geheim zu halten, was mit Pépette und Véronique eine gewisse Herausforderung bedeutet …»

Vielen Dank auch!

Pépette war während der letzten Tage wirklich grau geworden, das ließ sich nicht bestreiten. Der Staub und die Erde hatten beim Anlegen des Gartens dafür gesorgt, dass das Fell des Zwergspitzes lange nicht mehr so glänzte wie zuvor. Höchste Zeit also, um dem vornehmen Vierbeinersalon am anderen Ende der Stadt einen Besuch abzustatten. *Warum einfach, wenn's auch umständlich ging*, dachte Rose, als sie aus Véroniques Haustür trat und bemerkte, dass sich direkt neben ihrem Gebäude ebenfalls ein Hundefriseur befand.

Die «Vier-Pfötchen-Stylistin», wie sie sich nannte, bat Rose, im Wartezimmer zu bleiben, während sie «operierte». Als sich Rose ein Herz fasste und sich bei Karine – wie die junge Frau mit den grünen Haarsträhnen eigentlich hieß – vergewisserte, dass sie bei Pépette keinen chirurgischen Eingriff vornehmen wollte, sah Rose in dem Behandlungsraum Ketten, die von der Decke hingen, und einen Tisch aus Edelstahl. Die Hundefriseurin lachte ihr daraufhin ins Gesicht und erklärte, als spräche sie mit einer Vierjährigen: «Nein, hier operiert die Magie! Bleiben Sie, wo Sie sind, und lassen Sie mich mit Pépette allein.»

Im Wartezimmer erlitt Rose prompt einen allergischen Anfall. Mit Pépette war es bislang ganz gut gegangen, weil sie den Hund auf Distanz halten konnte, in einer Umgebung jedoch, in der Felltiere Könige waren, musste Rose dauernd niesen. Sie hätte die Zeitschriften nicht anfassen sollen, die dort wahrscheinlich schon seit Ewigkeiten herumlagen, aber beim Thema Schönheitswettbewerbe für Hunde war sie neugierig geworden.

Rose eilte auf die Straße, um wieder durchatmen zu können. In diesem geschäftigen, international geprägten Viertel waren zahlreiche asiatische Touristen unterwegs, die ihr einfache Fragen auf Englisch stellten, die sie nicht beantworten konnte – selbst Colette war in Fremdsprachen bewanderter als sie. Sie wusste, wie erbärmlich ihr Niveau war. Baptiste hatte sich oft darüber lustig gemacht, besonders wenn sie irgendwelchen Quatsch vor sich hin sang. Daraufhin hatte Rose immer wieder feststellen müssen, dass es ihrem geliebten Sohn durch die Wochenenden in London, die sie ihm ermöglicht hatte, gelungen war, sich von derart hinderlicher Erblast zu befreien.

Rose schämte sich für ihre mangelnden Sprachkenntnisse so sehr, dass sie lange immer wieder den gleichen Traum hatte. Einen Albtraum. Darin kam das Jugendamt unangekündigt bei ihr vorbei, um ihr den Sohn wegzunehmen. Anschließend führte man sie in einen großen Prüfungsraum mit unzähligen Tischen, in dem sonst niemand saß. Man versprach ihr, sie würde ihr Kind zurückbekommen, sobald sie Englisch beherrsche.

Jedes Mal wachte sie schweißgebadet auf und versuchte verzweifelt, das Präteritum der wichtigsten unregelmäßigen Verben aufzusagen.

Gern hätte sie ihre Englischkenntnisse verbessert und überlegte, dafür Colette um Hilfe zu bitten, auch wenn sie beide die Sprache nicht wirklich zur Verständigung brauchten. Doch ihr gefiel der Gedanke, von ihr neben dem Kochen noch etwas zu lernen, wenn sie selbst der alten Dame schon nicht viel helfen konnte. Auf diese Weise würde sich Colette nützlich fühlen, und es könnte dazu beitragen, eine Beziehung zwischen ihnen beiden aufzubauen, wie sie sie mit ihrer Mutter, die sie ja leider kaum gekannt hatte, gern gehabt hätte.

Gedankenversunken kehrte Rose in den Hundesalon zurück, wo Karine sie bereits mit finsterer Miene erwartete. «Was haben Sie nur mit Pépette gemacht? In so einem Zustand habe ich sie noch nie gesehen! Das Fell war vollkommen verfilzt und deshalb wahrscheinlich schon seit einer Weile nicht mehr atmungsaktiv. Ich musste sie mehr als eine halbe Stunde baden, bis das Wasser wieder klar war. Das grenzt an Vernachlässigung. Madame Lupin ist zurzeit nicht da, oder?»

Für Rose waren diese Worte wie eine schallende Ohrfeige. Was unterstellte ihr diese unverschämte Person mit den grünen Haaren? Dass Rose sich nicht vernünftig um Pépette kümmerte? Das waren die Momente, in denen sie sich ernsthaft fragte, warum sie diesen Job angenommen hatte. Diese Hundefriseurin hatte sie von Anfang an nicht gemocht. Doch sie hatte keine Wahl, sie musste regelmäßig zu ihr gehen, Freundinnen würden sie allerdings sicher nicht.

Dog-Sitterin gegen *Vier-Pfötchen-Stylistin* – Pépette hatte die Wahl!

Das Ende naht

Rose hockte auf der Treppe und hoffte, dass ihr Sohn ans Telefon ging. Baptiste ließ auf sich warten, doch sie wollte sich noch nicht geschlagen geben. Sie würde mit dem Handy am Ohr kurz nach Colette schauen und dabei warten, bis er irgendwann abnähme. Vielleicht war ihr Sohn gar nicht mehr sauer auf sie. Mit einem Lächeln gab Rose Colette zu verstehen, dass alles in Ordnung sei, während diese sie skeptisch beäugte. Plötzlich zog Rose die Augenbrauen zusammen. Colette folgte ihr auf den Flur und hörte mit.

«Hallo? Hallooooo?»

Rose merkte gleich, dass etwas anders war ... Das war nicht Baptiste am anderen Ende der Leitung, das war eine weibliche Stimme mit einem starken Akzent. Wo zum Teufel hatte Baptiste nur sein Telefon liegen lassen?

«Hallo?», erwiderte sie schüchtern. «Ich würde gern mit Baptiste sprechen. Ich bin seine Mutter. Ist er in der Nähe?»

«Ja, bitte bleiben Sie kurz dran.»

Dann hörte sie, wie die Stimme leiser und in perfektem Englisch einen Satz sagte, den Rose nicht verstand:

«Don't hang up the phone please, we'll take your reservation as soon as possible.»

Rose blickte beunruhigt zu Colette. «Jessica? Sind Sie es?», fragte sie in ihrer Verzweiflung ungeschickt.

Nach einem Moment der Stille – eine dieser Pausen, die einem ewig lang vorkamen, egal, wie lange sie dauerten – antwortete die Stimme am anderen Ende der Leitung: «Ja, Madame, bleiben Sie dran, ich hole Baptiste.»

Rose fand, ihre Stimme klang wunderbar sanft, und dachte bei sich, dass sie damit bestimmt sehr gut ein Baby beruhigen und ihm ein Schlaflied singen konnte. Sie dachte weiter, dass sie wahrscheinlich auch auf Baptiste entspannend wirkte. Ihre Art zu sprechen, wie sie beim Reden die einzelnen Silben trennte, schuf Vertrauen. Ihr wurde bewusst, dass sie überhaupt nichts über ihre Schwiegertochter in spe wusste. Sie hatte Jessica noch nie getroffen und nicht einmal am Telefon zwei Worte mit ihr gewechselt. Sie hatte sie lediglich auf dem Bildschirmschoner von Baptistes Handy gesehen – eine schöne Frau mit feuerrotem Haar –, war aber nie auf die Idee gekommen, sie könnte englischer Herkunft sein.

Sie hatte sich eher ein Mädchen aus einfachen Verhältnissen vorgestellt, das es in der Schule nicht weit gebracht und irgendeine Ausbildung gemacht hatte und das ihren Sohn auf die schiefe Bahn ziehen würde, während dieser noch brav versuchte, seinen Weg zum Restaurantchef weiterzuverfolgen.

Baptistes Stimme riss sie aus ihren Gedanken. «Hallo?»

«Sag mal, war das Jessica eben am Telefon?»

«Ja, warum?»

«Nichts, ich hatte sie mir nur anders vorgestellt.»

«Inwiefern anders?»

«Das war nicht negativ gemeint ... Im Gegenteil, sie klingt sehr angenehm und wohlerzogen ... Ist sie Engländerin? Ich habe kein Wort von dem verstanden, was sie gesagt hat, bevor sie den Hörer an dich weitergegeben hat.»

«Ich habe dir ja gesagt, dass du mit deiner Meinung über sie falschliegst. Aber du musst die Leute ja immer schon beurteilen, ehe du sie kennenlernst. Hättest du vielleicht noch gern ein bisschen länger mit ihr geplaudert? Ah nein, stimmt ja, Englisch ist nicht deine Stärke. Was willst du?»

Empört darüber, in welchem Ton diese achtzehnjährige Rotznase mit ihrer Mutter sprach, riss Colette die Augen auf.

Doch Rose, die daran gewöhnt war, antwortete ruhig: «Ich wollte fragen, wie es dir geht.»

«Ich habe keine Lust, mit dir übers Wetter zu reden, als wäre nichts gewesen. Du weißt, was ich will. Nur den Schein zu wahren, das ist nicht mein Ding. Und außerdem bin ich gerade bei der Arbeit und habe keine Zeit zum Telefonieren. Wenn du dich das nächste Mal meldest, sag mir, wer mein Vater ist. Sonst kannst du es gleich bleiben lassen. Ciao.»

Colette konnte es kaum fassen: Der hatte einfach aufgelegt. Ihre Tochter war ein ziemliches Biest, aber dieser respektlose Bengel war auch nicht ohne. Während sich Rose mit hängendem Kopf auf den Weg in die Küche machte, um das Mittagessen vorzubereiten, fühlte Colette zum ersten Mal wirklich mit ihr - nicht zuletzt, weil sie sich selbst wiedererkannte.

Nicht ihr Tag

Colette bot der am Boden zerstörten Rose ihren Arm an. Wie konnte ihr Sohn so hart zu ihr sein?

«Kommen Sie, gehen wir gemeinsam in die Küche und kümmern uns um die Dorade, die bringt uns auf andere Gedanken.»

Doch Roses Miene blieb betrübt. Sie wusste nicht mehr, was sie tun sollte. Colette hatte ihr geraten, sich nicht länger mit Füßen treten zu lassen, und ihr Sohn redete weiter in einem Ton mit ihr, mit dem sie nicht umgehen konnte.

Colette reichte Rose ihre Schürze und begann, Anweisungen zu geben, nachdem sie sich gesetzt hatte: «Den Ofen auf 200 Grad vorheizen. Vergewissern Sie sich, dass der Fisch sorgfältig ausgenommen ist. Dann mit Zitronensaft bespritzen, innen und außen. Und nicht vergessen, das Blech einzuölen, sonst bleibt er kleben. Den Ofen aber erst mal noch nicht ganz so heiß stellen.»

Rose tat, was sie sollte, war aber nicht bei der Sache. Obwohl sie das Rezept Schritt für Schritt befolgte, misslang das Gericht. Sie hatte wieder versagt.

«Nächstes Mal wird es besser», tröstete Colette sie.

Doch Rose wusste, dass es keine nächste Dorade geben würde. Für wen auch?

«Erzählen Sie mir alles. Wie konnte es so weit kommen mit Ihrem Sohn?», versuchte Colette, Rose aus der Reserve zu locken. «Warum ist er so wütend?»

Rose seufzte und hoffte, nicht allzu viel preisgeben zu müssen, als sie zu reden begann. Colette kochte ihnen unterdessen eine Tasse Tee und servierte dazu selbstgemachte Orangen-Mandel-Küchlein.

«Natürlich hat Baptiste mir die Frage nach seinem Vater schon häufig gestellt. Ich habe ihm bloß einfach nie die Wahrheit gesagt. Ich habe mir irgendetwas ausgedacht. Insgeheim habe ich darauf spekuliert, dass es nur eine Phase wäre, die vorbeigehen würde. Ich dachte, irgendwann würde er von selbst damit aufhören.»

Colette stellte die Teekanne ab. «Warum haben Sie ihn denn angelogen?», fragte sie erstaunt. «Haben Sie ein Kind mit einem Terroristen gezeugt? Einem Nazi? Einem Außerirdischen? Mit Ihrem Bruder? Erzählen Sie es mir, ich werde Sie auch bestimmt nicht verurteilen. Versprochen.»

«Aber Colette, was denken Sie?»

«Man kann es nie wissen. Heutzutage hört man ja alles Mögliche ...» Colette merkte, wie unbehaglich Rose zumute war. Sie hatte Tränen in den Augen. Die alte Dame hielt ihr Taschentücher hin und befürchtete das Schlimmste, dann fragte sie: «Der Vater weiß nicht, dass Sie ein Kind von ihm haben?»

Rose antwortete mit einem schuldbewussten Blick.

«Nein, er hat es nie gewusst. Und nachdem wir auch ohne ihn so weit gekommen sind, finde ich es nicht unbedingt klug, schlafende Hunde zu wecken. Womöglich würde ihm dann bewusst, dass er alles verpasst hat.»

Colette schwieg nachdenklich. Der Tee in den Tassen dampfte schon lange nicht mehr. Rose sah sie verzweifelt an. Zum ersten Mal hatte sie sich jemandem anvertraut. Nicht einmal Lili kannte die ganze Wahrheit. Sie fühlte sich verloren und war inzwischen bereit, jedem Rat zu folgen – selbst dem einer verschrobenen alten Spinnerin!

«Wo gehobelt wird, da fallen Späne, Rose. Jetzt kriegen Sie von mir besagten Tritt in den Hintern. Gestehen Sie Ihre Schuld ein und verraten Sie Ihrem Sohn umgehend den Namen seines Vaters.»

«Er ist unauffindbar! Der Name ist viel zu häufig, ich suche ihn ja schon seit Wochen im Internet. Ohne Erfolg. Und wahrscheinlich hat er nach achtzehn Jahren auch sein eigenes Leben, vielleicht mit weiteren Kindern ... Es ist nicht gut, das alles durcheinanderzubringen ...»

«Doch, das ist es. Wollen Sie Ihrem Sohn etwa das Wissen vorenthalten, wer er ist, und ihm die Chance nehmen, seinen Vater und mögliche Geschwister kennenzulernen? Sie sehen doch, wohin Ihre ewige Leier von ‹Es ist zu spät› geführt hat.»

«Sagen Sie so etwas nicht. Ich fühle mich doch schon total schlecht.»

«Ja, aber Sie müssen zugeben, dass Sie ihn bisher gar nicht finden wollten, womit Sie alles noch schlimmer gemacht haben.»

Da ist was dran.

«Ihr Sohn wartet schon so lange auf diesen Moment, dass er alle Hebel in Bewegung setzen wird. Und er wird ihn wiederfinden. – Wie heißt er?»

«Pierre Chenais. Er war damals ein junger Arzt.»

«Was die Sache leichter macht.»

«Das war er früher, aber wer weiß, ob er es heute noch ist ...»

«Kennen Sie viele Leute, die so blöd sind, fünfzehn Jahre zu studieren, um Arzt zu werden, und dann als Mechaniker zu arbeiten? Nun hören Sie auf, so belämmert dreinzuschauen, und schicken Sie Ihrem Sohn eine SMS. JETZT.»

Himmel, ist die hartnäckig. Sie soll mich gefälligst weiter Vogel Strauß spielen lassen, ich will das alles nicht wieder aufwärmen!

Rose schluckte – und tippte hektisch den Namen in ihr Handy, den sie bis dahin so sorgsam für sich behalten hatte. Sie schickte die Nachricht ab und rannte dann auf die Toilette.

Sie hatte genug für heute: Erst die Stimme ihrer perfekt Englisch sprechenden Schwiegertochter, dann ihr Sohn, der nach wie vor sauer auf sie war, und nun hatte sie auch noch den Namen ihrer ersten Liebe preisgegeben. Solche Tage wünschte man niemandem. Jupiter hätte sie wenigstens warnen können.

Aus der Küche drang Colettes heisere Stimme an ihr Ohr. «Und morgen fangen wir mit dem Auffrischungskurs in Englisch an! *Don't you think, my dear!*»

Was soll man dazu sagen?

Die Nachricht von seiner Mutter brachte Baptiste total durcheinander. Nach achtzehn Jahren hatte er endlich den Namen seines Vaters erfahren. Pierre Chenais. Leise wiederholte er ihn immer wieder. Er erschien ihm wie die Lösung eines Rätsels, das Passwort, das ihm Zutritt zu einer neuen Welt gewährte, in der er den Halbsatz «Vater unbekannt» streichen konnte. Dass er keine Adresse hatte, um direkt Kontakt mit ihm aufzunehmen, bereitete ihm keine Sorgen. Er hatte diese dreizehn Buchstaben – und wollte am liebsten sofort «Pierre Chenais» in sein Handy tippen, um Google und Facebook auf die Suche nach dem zugehörigen Gesicht zu schicken.

Allerdings wurden ihm auch zum ersten Mal die Folgen bewusst, die diese Entdeckung haben könnte. Er, der jahrelang auf diesen Moment gehofft und dafür fast die Beziehung zu seiner Mutter aufs Spiel gesetzt hatte, verstand plötzlich, dass von nun an nichts mehr so sein würde wie zuvor. Der normalerweise so forsche Baptiste zögerte. Das Foto einer glücklichen Familie etwa würde ihn rasend eifersüchtig machen.

Jessica, die neben ihm schlief, sagte er vorerst nichts,

da er beschlossen hatte, dass die Nachricht für den Moment nur ihn etwas anging. Abermals stieg Panik in ihm auf. Nach all den Niederlagen der letzten Jahre, Roses Lügen und dem daraus folgenden Ärger hatte er Angst, erneut enttäuscht zu werden. Und wenn seine Mutter ihm einen falschen Namen genannt hatte? Wenn Rose ihn nur erfunden hatte, um sich ihm vor der Geburt des Babys wieder anzunähern?

Oder, schlimmer noch, wenn dieser Pierre wirklich sein Vater war, ihn aber abweisen würde? Immer wieder hatte sich Baptiste das erste Treffen ausgemalt und es sich stets als die glückliche Rückkehr des verlorenen Sohnes vorgestellt. Er war hin und her gerissen, denn unerwünscht zu sein würde er nicht ertragen.

In dieser Nacht tat Baptiste kein Auge zu.

Der Surfcoach

Colette war in ihre Zeitung vertieft. Den Morgen hatte sie damit verbracht, ihre alten Englischbücher herauszusuchen, um Rose die Sprache Shakespeares nahezubringen. Sie zu motivieren hatte oberste Priorität.

Seit Rose bewusst geworden war, dass sich zwischen ihr und der Schwiegerfamilie ihres Sohnes ein kultureller Graben auftun könnte, war sie noch deprimierter. Auch wenn sie es nicht zugab, hatte sie verstanden, dass sich ihr Sohn wohl für sie schämte.

Sie sah sich auf einmal mit anderen Augen. Fast angewidert betrachtete sie im Spiegel ihre billige und schlecht sitzende Kleidung, die dünnen weißen Strähnen in ihrem Haar, das sie nicht färbte, die Knötchen auf ihrer Strickjacke, die abgetretenen Schuhsohlen. Sie dachte an ihren fehlenden Ehrgeiz und die mangelnde Allgemeinbildung, sogar ihre Körperhaltung stellte sie in Frage. Seufzend fuhr sie sich durchs Gesicht, das ihr hässlich vorkam, so wie ihr Leben insgesamt.

Colette hielt es für pädagogisch nicht sinnvoll, es bei Rose mit einem theoretischen Ansatz zu versuchen. Sie brauchte Praxis, aber nur mit ihr als Gesprächspartnerin würde das Englischlernen nicht besonders viel bringen. Und für Colette war es nach wie vor ausgeschlossen, einen Fuß vor die Tür zu setzen!

Die alte Dame überlegte noch, wie sie das Problem lösen sollte, als die letzten Seiten der Zeitung ihr ein Lächeln aufs Gesicht zauberten. Es ging um neue Formen der Solidarität in Zeiten des Internets, um Häusertausch und den Airbnb-Boom. Da sie Rose nur bedingt helfen konnte, beschloss sie, die Welt zu sich hereinzuholen.

Rose, die gerade dabei war, einen Eintopf zuzubereiten, hielt beim Kartoffelschälen inne und musste die Augen zusammenkneifen, um die verrückte Idee sacken zu lassen, die Colette ihr gerade unterbreitet hatte.

«Aber was soll ich mit einem Surflehrer? Was hat das mit dem Englischkurs zu tun?» Irritiert ließ sie ein Stück Schale fallen, das Pépette sofort verschlang, dann allerdings die Schnauze verzog, als sie merkte, dass es sich nicht um die Wurst handelte, deren Duft sie in der Küche wahrnahm.

«Ich meine doch natürlich keinen Surflehrer, sondern *Couchsurfing*. Das ist seit einigen Monaten in aller Munde, und erst heute Morgen habe ich wieder etwas darüber in der Zeitung gelesen, die Sie mir mitgebracht haben. Schauen Sie mal.»

Rose beugte sich über die Seite, hatte aber keine Lust, den ganzen Artikel zu lesen. «Ich verstehe immer noch nicht? Auf der Couch surfen? Mit der Wii, oder was?»

«Aber nein! Couchsurfer sind Leute, die man umsonst auf seinem Sofa übernachten lässt.»

«Wo steht das genau?», erkundigte sich Rose und überflog den Artikel nun doch. «Das mit dem Kautsch-sör-fink?»

Ihr englischer Akzent war grauslich. Als hätte sie eine der Kartoffeln im Mund, die sie schälte.

«Wahrscheinlich spreche ich es nicht richtig aus, weil ich Englisch nicht so gut beherrsche wie Sie, *Lady Colette*. Aber vor allem ist mir nicht klar, warum jemand so etwas tun würde?»

«Wer? Derjenige, der bereit ist, bei fremden Leuten zu übernachten, oder derjenige, der einen Fremden auf seinem Sofa schlafen lässt?»

«Ich kann beides nicht nachvollziehen.»

«Keine Panik, wir werden die Sache gemeinsam angehen. Jedenfalls werden Sie auf diese Weise wunderbar Englisch üben können, meine Liebe.»

«Ich glaube, ein Surfcoach wäre mir lieber», erwiderte Rose spöttisch und setzte die Kartoffeln auf.

Mit vollem Magen und ihrer Brille auf der Nase blickte Colette konzentriert auf Roses Laptop. Eine ganz neue Welt tat sich vor den beiden auf. Tausende und Abertausende Menschen aus allen Winkeln der Welt praktizierten diese seltsame Form der Gastfreundschaft, was Rose in einer Welt wie der heutigen, in der die Menschen so wenig füreinander einstanden, erstaunlich fand.

«Aber wie können Sie sicher sein, auf Leute zu treffen, die Ihnen wohlgesonnen sind und nicht sexuell gestört oder Ähnliches? Man hört doch immer wieder diese schrecklichen Dinge. Die Leute sind heutzutage zu allem fähig. Sind Sie wirklich bereit, einen Wildfremden bei sich aufzunehmen, Colette? Das überrascht mich!»

«Ja, schon», erwiderte diese. «In diesem Artikel wird genau erklärt, dass jeder Gastgeber und jeder Gast ein Profil mit Bewertungen von früheren Kontakten hat. Wenn sich jemand schlecht verhält, fällt es auf. Alles wird genau vermerkt. Und ein neuer Gastgeber wie wir braucht einen Bürgen. Es kann nicht jeder einfach so sein Sofa anbieten. Da gibt es sehr strenge Regeln, was zusätzlich Sicherheit gibt.»

«Aber wer könnte für uns bürgen?»

«Laurent. Als ich ihn neulich anrief, um ihm für unseren wundervollen Dachgarten zu danken, erwähnte er, dass er selbst einen ähnlichen Garten habe und die Touristen, die ab und zu bei ihm übernachteten, ganz begeistert davon wären. Im ersten Moment dachte ich, der hat ja ganz schön lockere Moralvorstellungen, aber gerade eben habe ich ihn noch mal angerufen, um zu fragen, ob er vom *couchsurfing* gesprochen hatte. Und ja, so ist es. Er erzählte ganz begeistert davon und meinte, es wären wirklich ausschließlich nette Begegnungen gewesen. Außerdem hat er sofort zugestimmt, für uns zu bürgen.»

«Ja, aber wenn es alle so machen ...» Rose war nach wie vor skeptisch.

Ohne ihrem Sturkopf, dem jede Entschuldigung recht war, um nur nicht Englisch sprechen zu müssen, auch nur eine Sekunde Beachtung zu schenken, fuhr

Colette fort: «Wir suchen uns unseren Gast ja selbst aus, und selbstverständlich nehmen wir nur Frauen.»

«Meinetwegen, warum nicht! Wir haben ja wirklich einiges zu bieten: ein Dach über dem Kopf mitten in Paris, typisch französisches Essen ... Sie sind echt ein Original, Colette. Das hätte ich nie von Ihnen gedacht. Aber wo soll die Person eigentlich schlafen?»

«In Ihrem Studio natürlich. Die Frauen werden sich um den Platz bei uns reißen! Wo habe ich bloß meinen Globus hingestellt? Heute Abend suchen wir uns unser Ziel aus ...»

Wie das Leben so spielt

Im Badezimmer betrachtete sich Colette im Spiegel und ließ lange das Wasser laufen, während sie sich die Gespräche mit Rose noch einmal ins Gedächtnis zurückrief. Sie fragte sich inzwischen ernsthaft, was sie dazu veranlasst hatte, eine Ausländerin bei sich aufzunehmen – nur für Rose. Ihre Wohnung in eine improvisierte Herberge umzufunktionieren und sich selbst in eine Eins-a-Gastgeberin zu verwandeln. Sie würde einer Fremden Zugang zu ihrem Zuhause gewähren, wo diese vierundzwanzig Stunden lang alles anfassen könnte. Was hatte sie bloß geritten?

Rose wirkte belebend auf sie, dennoch musste sie sich nicht einer derartigen Stresssituation aussetzen, nur um ihr zu helfen. Warum tat sie das alles? Natürlich war es nicht leicht, ihre Zwangsstörungen in den Griff zu bekommen, sie hatte jedoch erkannt, dass ihr Hauptproblem ein anderes war. Während sie mit ihren pedantischen Eigenheiten schon so lange lebte, dass sie sich daran gewöhnt hatte und sich deshalb auch ab und zu getrost darüber hinwegsetzen konnte, beunruhigte sie viel mehr, dass sie seit einiger Zeit Schwierigkeiten mit dem Gleichgewicht hatte. Zweimal war sie in letzter Zeit bereits gestürzt. Zum Glück war Rose jedes Mal woanders gewesen und hatte es nicht mitbekommen. Das zweite Mal war es im Bad passiert. Sie hatte mindestens zehn Minuten gebraucht, um ohne Hilfe wieder hochzukommen. Beim Fallen war sie ans Waschbecken gestoßen, seitdem tat ihr die Seite weh. Doch was brachte es, Rose davon zu erzählen? Was konnte man gegen eine Rippenprellung schon tun?

Besonders litt Colette darunter, dass sie lügen musste, damit niemand etwas erfuhr. Es war nämlich an jenem Tag passiert, als die vier Händler aus dem Viertel spontan zum Mittagessen erschienen waren. Sie hatte wirklich nur kurz auf die Toilette gehen wollen, der wütenden Rose aber anschließend die Geschichte mit der Dusche erzählt, um zu erklären, warum sie sie mit den vier Gästen allein gelassen hatte. Und was dachten diese seitdem von ihr? Dass sie kein Interesse an ihnen hatte? Dass sie nicht mehr ganz zurechnungsfähig war? Sie hatte die wenigen Menschen, die sich noch an sie erinnerten und sie wirklich schätzten, vor den Kopf gestoßen.

Colette war sich nicht völlig sicher, ob ihr Versteckspiel noch lange funktionieren würde. Rose war nicht dumm.

Doch sie musste durchhalten. Körperlich. So zurückgezogen, wie sie in ihrer Wohnung lebte, mochte sie nicht mehr von großem Nutzen sein, aber Rose brauchte sie, beziehungsweise jemanden, der sie wieder auf die richtige Spur brachte und sie aufrüttelte, wie sie noch nie aufgerüttelt worden war. Colette wurde bewusst, dass die Dinge eine unerwartete Wendung genommen hatten. Auch wenn es nach außen anders aussah, war sie es jetzt, die Rose half. Eine gute Fee für ein modernes Aschenputtel.

Madame Etepetete

Véronique war zurück. Mit übelster Laune. Es war dringend geboten, einen Sicherheitsabstand zu ihr einzuhalten. Offensichtlich war ihre Reise mit Richard nicht wie gewünscht verlaufen. Was häufiger der Fall war. Nicht einmal Pépette fand vor ihren Augen Gnade. Als die kleine Hündin auf ihr Frauchen zulief, weil sie sich über deren Rückkehr freute, wurde sie nur angefaucht.

Rose versuchte, sich so unauffällig wie möglich zu verhalten. Auch Colette blieb in ihrem Apartment, möglichst weit weg von ihrer zornigen Tochter, die eine Tür nach der anderen zuschlug.

Auf Zehenspitzen eilte Rose zu Pépette, schnappte sie sich und verschwand schnell mit ihr nach draußen. Es war nicht der richtige Moment, um sich dem Tornado in den Weg zu stellen. Denn für den Nachmittag hatte Véronique Freunde eingeladen, um die Demo gegen das Obdachlosenzentrum zu organisieren. Das Projekt war in der vergangenen Woche offenbar gut vorangekommen, und Rose wollte auf keinen Fall daran schuld sein, dass sich das änderte.

Lautlos schlich sie sich mit dem Hund im Arm die

Stufen hinab, als sie von oben Véroniques schrille Stimme vernahm.

«He! Huhu! Stehen bleiben und sofort wieder raufkommen!»

Rose hielt verunsichert auf der Treppe inne.

«Ja, genau! Zurückkommen! Auf der Stelle!»

Es bestand kein Zweifel. Véronique meinte entweder sie selbst oder Pépette. Angesichts des Tons nahm Rose an, dass die Anweisung wahrscheinlich dem Hund galt, und eilte entschlossen auch die letzten Stufen hinab. Es war eine Frage des Prinzips. Selbst die kleine Hündin schien durch ihre Miene zum Ausdruck zu bringen, dass sie noch nie zuvor so behandelt worden war.

Dennoch wollte Rose ihrer Chefin eine letzte Chance einräumen. Sie tat ihr fast leid, wie sie sich die Kehle aus dem Leib schrie. «Das gibt es ja wohl nicht, wie kann man nur so schlecht erzogen sein!», hörte Rose sie brüllen. «Ich befehle Ihnen, auf der Stelle stehen zu bleiben. Ich spreche mit Ihnen, Blanche!»

Rose schlug die Haustür hinter sich zu, stürzte sich in den Straßentrubel und steuerte direkt auf das Café zu. Dort erinnerte man sich wenigstens an ihren Vornamen.

Traumbäckerei

Rose versteckte sich hinter der Zeitung, die sie vors Gesicht gehoben hatte. Sie musste lachen, als sie sah, wie ihre Chefin mit wirrem Haar und in einem Aufzug, wie gerade aus dem Bett gestiegen, die Straße absuchte.

Die Vorderpfoten an der Fensterscheibe wedelte Pépette jedes Mal mit dem Schwanz, wenn ihr Frauchen vorbeikam. Um ein paar Minuten Ruhe zu haben, bestach Rose den kleinen Spitz mit einem Stück *pain au chocolat*, das er sofort verschlang. Foie gras und Kaviar waren schon lange vergessen.

Als Véronique nichtsahnend das Café betrat und Rose erblickte, nachdem sie einen Guavensaft mit Eis bestellt hatte, war sie vor allem erleichtert und ließ sich ihr gegenüber auf einen Stuhl fallen. «Endlich! Was ist nur in Sie gefahren?», keifte sie dennoch.

Rose entfernte ihre Kopfhörer und tat so, als würde sie nicht verstehen.

Véronique ging darauf ein und wiederholte: «Was ist heute nur los mit Ihnen? Sie scheinen schlecht gelaunt zu sein. Reißen Sie sich mal ein bisschen zusammen.»

Wer im Glashaus sitzt …

«Und wo wir gerade dabei sind: Sie müssen mit mir zum Bäcker kommen.»

Rose sah sie fragend an. Seit wann gehörte es zu ihren Aufgaben, Véronique zu begleiten? Und seit wann aß diese Kuchen? Sie war doch ständig auf Diät. Rose konnte sich nicht erinnern, dass sie je etwas anderes als Luft zu sich genommen hätte.

«Einige meiner Freundinnen, die heute Nachmittag vorbeikommen, machen eine Abmagerungskur, und ich habe mir zum Ziel gesetzt, dass sie aufgeben ... Ich selbst habe diese Woche nämlich siebenhundert Gramm zugenommen und möchte nicht die Einzige sein, die sich nächsten Montag beim Yoga fett fühlt.»

Was für eine sympathische Haltung!

Rose bezahlte bei Edgar, der ihr mit einem ermutigenden Zwinkern dankte. Einzig Pépette schien erfreut, beide Frauchen an ihrer Seite zu haben.

Véronique betrat die Bäckerei wie eine Schauspielerin die Bühne. Als wäre sie von Scheinwerfern geblendet, schritt sie schnurstracks an der Schlange vorbei und stellte sich direkt hinter die Kundin, die gerade bezahlte. Sie drängelte sich mit einer so erstaunlichen Selbstverständlichkeit vor, dass sich niemand aufregte.

Ihrer strahlenden Schönheit (oder Botox?) sei Dank.

Da Isabelle noch mit der Kundin beschäftigt war, bemerkte sie Véronique nicht sofort – was diese gar nicht ertragen konnte. Sie kochte förmlich. Warten war das Allerschlimmste.

Die Yogastunden scheinen ja nicht viel zu bringen!

Véronique war mit den Nerven am Ende und wahrscheinlich unterzuckert durch die Fastenkur, die sie sich auferlegte, während sie zweifelsohne an einer Tortenbulimie litt. Jedenfalls drehte sie sich zu der Kundin hinter ihr um, vor die sie sich gedrängelt hatte, und sagte: «Die Kuchen hier sind köstlich, aber die Bedienung ist wirklich unfassbar langsam.»

Im Geschäft herrschte plötzlich betretenes Schweigen. Selten war Rose etwas derartig peinlich gewesen, auch weil Isabelle sie mittlerweile erblickt hatte. Wie konnte Véronique es wagen, so etwas laut auszusprechen?

Alle Blicke waren auf sie gerichtet, was Véronique als Einladung ansah, zufrieden ihre Bestellung aufzugeben. «Endlich! Also, geben Sie mir eine Zitronen-Baiser-Torte für vier Personen, und bitte ohne die Plastikteile, die Sie zur Deko immer draufstecken. Und weil ich so lange warten musste, bekomme ich zur Entschädigung noch einen Windbeutel mit Cremefüllung dazu.»

Empört über das ungenierte Verhalten ihrer Chefin, konnte Rose nicht anders, als mit Genugtuung zu registrieren, dass diese offensichtlich selbst einer Kalorienbombe nicht widerstehen konnte, während sie den teuflischen Plan in die Tat umsetzte, ihre vermeintlichen Freundinnen in eine Diätfalle zu locken. Der Verkäufer neben Isabelle hielt Véronique eine kleine Schachtel hin, in deren Mitte der Windbeutel thronte.

Rose lief das Wasser im Mund zusammen, doch sie brauchte nicht darauf zu hoffen, auch nur den kleinsten Krümel davon abzubekommen. Véronique würde ihr unmissverständlich zu verstehen geben, wie die Verhältnisse zwischen ihnen waren. Doch nun griff sie in die Schachtel und bückte sich hinab zu ... Pépette. Der kleine Spitz verschlang das Gebäck mit einem Bissen. Die Umstehenden schauten fassungslos zu.

Nachdem Véronique die Torte in Empfang genommen hatte, leerte sie den Inhalt ihres Portemonnaies klimpernd auf den Tresen und bezahlte gönnerhaft auch den Windbeutel. Keine Widerrede. Sie habe ihn sich selbst gegönnt, um sich für die *unendlich* lange Wartezeit zu entschädigen. Anschließend machte sie auf dem Absatz kehrt und rauschte aus dem Laden. Der Spitz und eine sich in Grund und Boden schämende Rose, die Isabelle noch kurz ein vielsagendes Zeichen zum Abschied gab, folgten ihr. Die anderen Kunden blieben perplex zurück und fragten sich wahrscheinlich, ob Madame Lupin die Baiser-Torte an ihren Goldfisch verfüttern würde.

Du gehst mir auf den Senkel

Nie zufrieden – so würde Rose ihren Sohn zusammenfassend beschreiben. Achtzehn Jahre lang hatte sie sich um ihn gekümmert und alles für ihn gegeben, aber er verlangte immer noch mehr. Nachdem Baptiste sie dazu gebracht hatte, ihr den Namen seines Vaters zu nennen, hatte er ihr nun eine Textnachricht geschrieben, die genauso kurz war wie die andere zuvor: «Kann ihn nicht finden. Hoffe, du hast mich nicht wieder angelogen!»

Was sollte sie nur tun? Während sie mit Pépette im Schlepptau im Parc des Batignolles zu vergessen versuchte, wie Véronique sie vor Isabelle blamiert hatte, beschloss sie, Lili anzurufen. Sie brauchte Rat und Unterstützung, um die Dinge mit Baptiste ins Reine zu bringen.

Rose spürte, dass der kleinste Fehler sie teuer zu stehen kommen würde, dass ihr Sohn sich ihr erneut versperren würde und all ihre Bemühungen umsonst gewesen sein könnten. Jedes Mal, wenn sie sich an ihn wenden wollte oder auf seine Nachrichten reagieren musste, hatte sie das Gefühl, mit Sprengstoff zu hantieren.

Wie immer musste man ein wenig beharrlich sein,

ehe die werte Frau Anwältin ans Telefon ging. Erst beim dritten Versuch klappte es.

«Jaaa?», meldete sie sich schläfrig.

«Habe ich dich etwa geweckt?», fragte Rose und blickte besorgt auf die Uhr, die immerhin schon 11:30 Uhr anzeigte.

«Ja, ich habe ein kleines Nickerchen gemacht, aber keine Sorge, dieses Mal besteht keine Gefahr, dass die Kollegen mich später damit aufziehen werden. Ich habe mein Büro zweimal abgeschlossen.»

«Sag nicht, dass du immer noch dieses blöde Ding durchziehst und wegen dieses US-Trends um 5:00 Uhr morgens aufstehst.»

«Nein, ich hab's aufgegeben. Ich hab auf dich gehört.»

«Das ist ja mal was Neues», spöttelte Rose.

Am anderen Ende der Leitung war ein ausgiebiges Gähnen zu hören.

«Und warum bist du dann um diese Uhrzeit schon wieder fix und fertig?»

«Weil ich beschlossen habe, vegan zu leben. Ich kann es nicht mehr mit ansehen, wie grausam die Tiere behandelt werden nur für ein Stück Fleisch oder einen schönen Mantel. Seitdem, ich weiß auch nicht, warum, fühle ich mich die ganze Zeit über groggy ...»

Rose wollte gerade reagieren, als sie plötzlich ein paar Meter weiter eine alte Frau sah, die sich mit einem Rollator abkämpfte, dass es einem das Herz zerreißen konnte. Unvermittelt wurde Rose von einer übermächtigen Angst ergriffen – wie in den Situationen, wenn Baptiste später als verabredet nach Hause kam, zog sich ihr Herz schmerzhaft zusammen – allein, diesmal war Colette der Grund. Rose machte auf dem Absatz kehrt und eilte in einem Höllentempo in Richtung Parkausgang. Pépette stolperte ihr hechelnd hinterher und gab dabei ein asthmatisches Röcheln von sich, trotzdem gelang es dem kleinen Hund, nicht den Anschluss zu verlieren.

Rose hatte ein ungutes Gefühl, da sie Colette schon seit mehr als einer Stunde allein gelassen hatte, während sie ihre morgendliche Runde drehte. Sie wusste, dass es nicht gut war, allzu lange wegzubleiben.

«Gut, Lili, es ist nicht so, dass mich deine neueste Marotte nicht interessiert, aber ich habe gerade nicht viel Zeit. Deshalb musst du mir jetzt antworten! Ich habe dir schon vor Stunden eine Nachricht geschrieben und weiß immer noch nicht, woran ich bin. Sehen wir uns nun morgen Abend auf einen Drink, oder hast du auch dem Alkohol abgeschworen?»

«Das ist ja wohl das Letzte! Wer hat mich denn letzte Woche versetzt, um den Abend mit dieser verschrobenen Alten zu verbringen? Aber wenn du gerade deine Leidenschaft für Frauen im reifen Alter entdeckt hast, dann muss ich das wohl akzeptieren. Wo die Liebe hinfällt ...»

«Sehr witzig! Ich lach mich gleich tot. Iss wieder Fleisch, du wirst komisch!»

«Dass ich mich entschieden habe, vegan zu leben, ist keine Marotte, die Sache ist mir sehr ernst, auch wenn du es dir nicht vorstellen kannst. Dahinter steht eine zu Unrecht wenig anerkannte Philosophie. Sie basiert auf Mitgefühl mit allen Lebewesen, vor allem mit den Tieren. Eine Hunde-Nanny wie du müsste dafür doch eigentlich etwas übrig haben ...»

Tüt ... tüt ... tüt. Nicht nur Véroniques Geduld war begrenzt, Roses ebenfalls.

Wer wagt, gewinnt

Immer zwei Stufen auf einmal nehmend, hastete Rose die Treppe hinauf und stürmte in Colettes Apartment. Sie fand sie weder in der Küche noch in einem der anderen Zimmer. Beunruhigt lief sie wieder hinunter und platzte ohne Vorankündigung in Véroniques Salon, wo diese auf dem weißen Sofa schlief. Trotz Roses Poltern blieb sie reglos liegen. Sie war offenbar vollkommen weggetreten. Wahrscheinlich hatte sie mehr Pillen geschluckt als bei ihrer Kältetherapie ratsam. Selbst als Rose jeden durchgestylten Winkel ihrer Wohnung nach Colette absuchte, rührte sie sich nicht.

Schließlich stieg Rose ganz nach oben, wo sie vor lauter Nervosität ewig brauchte, bis sie die Tür zu ihrem Studio geöffnet hatte – doch auch dort war Colette nicht.

Rose gingen die Ideen aus, wo die alte Dame noch sein könnte. Sie wäre doch niemals allein auf die Straße gegangen. Es sei denn ...

Eilig lief sie zum Ende des schmalen Ganges und kletterte aus dem Fenster, das zum Dachgarten hinausführte. Und dort saß Colette gemütlich auf der Bank mit einem Laptop auf den Knien.

Rose lehnte sich gegen die Mauer, um zu verschnaufen und sich zu beruhigen. Vergeblich. Pépette hatte sich derweil auf der Fußmatte vor dem Fenster ausgestreckt und hätte ebenfalls keinen Meter mehr laufen können.

Rose sah den kleinen Spitz an und bemerkte zum ersten Mal die Worte, die auf der Matte standen: «Empfohlene Route». Daneben gab es zwei Pfeile, die normalerweise wohl ins Haus weisen sollten. Colette hatte sich jedoch die Mühe gemacht, die Matte so umzudrehen, dass nun jedem, der sich ihr nähern wollte, empfohlen wurde, draußen zu bleiben. Rose nahm es als Zeichen, wie gut der alten Dame ihr Dachgarten gefiel, und war gleichzeitig froh, dass die Matte nicht vor Colettes Wohnungstür lag. Falls tatsächlich bald eine Couchsurferin käme, könnte sie die Botschaft sonst glatt falsch verstehen und gleich wieder umkehren.

Als Colette sie fragend ansah, gab Rose ihr ein Zeichen, dass alles in Ordnung sei, auch wenn sie sich vor Seitenstichen krümmte und ihre glühenden Wangen einen anderen Eindruck vermittelten. Sie hatte sich grundlos Sorgen gemacht, aber warum sollte sie der alten Dame davon erzählen, die am Ende noch denken würde, sie – Rose – hätte nicht mehr alle Tassen im Schrank?

Im Übrigen schien Colette den Auftritt als gar nicht so dramatisch zu empfinden. Seelenruhig schob sie sich die Brille auf die Nase und tippte munter weiter auf ihrem Laptop.

Als Rose endlich wieder normal atmen konnte, sprach

sie Colette darauf an – nicht zuletzt, weil das Thema unverfänglich war. «Sie haben ja den gleichen Computer wie ich.»

«Nein, das ist Ihrer. Ich habe mir erlaubt, ihn zu reinigen. Er war fürchterlich schmutzig. Es hat ewig gedauert.»

«Äh, Moment mal. Er stand auf meinem Nachttisch, in meinem Studio ...»

«Ja, genau dort habe ich ihn gefunden! Ich danke Ihnen übrigens sehr, dass Sie es mir so leicht gemacht haben. Ich hasse es, stundenlang nach etwas suchen zu müssen, besonders, wenn ich es nicht selbst verbummelt habe.»

«Aber dürfte ich vielleicht wissen ...»

«Wie ich reingekommen bin? Mit dem Zweitschlüssel, der auf dem Treppenabsatz versteckt ist. Und ja, es war ein Notfall.»

«Ah, ich wusste doch, dass etwas nicht stimmt. Hatten Sie wieder Angstzustände?»

«Immer sachte mit den jungen Pferden! Wovon sprechen Sie? Mir geht es ausgezeichnet. Ich musste lediglich ins Internet. Und brauchte ein wenig frische Luft. Falls es Sie interessiert, ich habe Pierre gefunden – Ihre große Liebe.»

«*Whaaaat?*», fragte eine entgeisterte Rose überraschenderweise auf Englisch.

«Sind Sie plötzlich zweisprachig? Bravo!»

«Aber wie haben Sie das geschafft?»

«Ich gehöre eben doch noch nicht ganz zum alten

Eisen! Und nur zu Ihrer Information, Pierre ist immer noch Arzt. Sagen wir, es hilft, eine unerschütterliche Geduld zu haben und ein Adressbuch mit Ärzten jeder Fachrichtung, bei dem jeder Promi vor Neid erblassen würde. Kommen Sie, notieren Sie sich seine Kontaktdaten und schreiben Sie Ihrem Sohn dann sofort eine Nachricht. Und wenn Sie sich weigern, werde ich das höchstpersönlich übernehmen. Ich warne Sie.»

«Und wie wollen Sie das machen? Sie haben Baptistes Nummer doch gar nicht.»

«Aha, und Sie glauben, die von Ihrer Schwester hätte ich auch nicht? Ich habe sogar die von Ihrem Astrologen. Ich hoffe, zu dem gehen Sie nicht mehr! Wenn man sich anguckt, was der für letztes Jahr vorausgesagt hat, hätten Sie damit an die Öffentlichkeit gehen sollen. Was für ein Scharlatan! Der hat ja auf ganzer Linie versagt!»

«Aber wie ist das möglich? Woher haben Sie das alles? Ich habe mein Handy doch immer in der Tasche.»

Rose dachte einen Moment lang nach, während Colette lächelte wie die Mona Lisa.

«An meinem ersten Tag, oder? Haben Sie sich da schnell einen Überblick verschafft?»

«Bravo, Columbo! Ich bin lieber immer vorsichtig, weil meine Tochter mich ja gern mal irgendeiner dahergelaufenen Spinnerin überlässt. Und übrigens sind Sie für Samstag mit Pierre verabredet. Soll ich Ihnen seine Nummer geben? Sie fängt mit 07 an.»

«Echt? Nicht mit 06 wie sonst fast alle?»

«Vielleicht auch mit 06, aber 07 klingt so schön nach James Bond ...»

Wenn du gefragt wirst, du weißt von nichts!

Endlich war Freitagabend, und Rose freute sich nach dieser verrückten Woche auf das rituelle Treffen mit ihrer Schwester. Lili sah grau aus, als sie die Wohnungstür öffnete, die ersten veganen Tage waren offenbar nicht spurlos an ihr vorübergegangen. Sie war bleich, wirkte müde und hatte eingefallene Wangen. Unwillkürlich unterzog Rose die Platte mit den Canapés, die Lili für ihr traditionelles Freitagsbuffet vorbereitet hatte, einem prüfenden Blick. Alles kam ihr neu und fremdartig vor … Allerdings entdeckte Rose selbst zurzeit alles Mögliche neu und musste zugeben, dass sie durchaus Gefallen daran fand. Ihr Leben brauchte mehr Würze. Nicht nur in kulinarischer Hinsicht!

Während die meisten von Lilis Ideen Rose eher zum Lachen gebracht hatten, fand sie, dass sich ihre Schwester diesmal einer guten Sache verschrieben hatte – der der Tiere. Seit sie klein war, hatte sie sich für die Schwachen eingesetzt. So wie andere Feuerwehrmann oder Tierärztin werden wollten, hatte sie schon immer mehr Gerechtigkeit auf der Welt schaffen wollen. Viele machten bei der kleinsten Schwierigkeit einen Rückzieher. Lili nicht.

Auch wenn sie am Anfang ihrer Karriere als Anwältin Federn lassen musste. Ihr wurden Fälle übertragen, die sie sich niemals selbst ausgesucht hätte (und bei denen sie wusste, dass der angeblich Unschuldige Dreck am Stecken hatte). Sie hatte Macho-Kollegen, die sie bei Terminen mit Klienten vornehmlich als Begleiterin ansahen. Die ihr den Kopf tätschelten, um sie zu beglückwünschen, wenn sie gute Arbeit geleistet hatte. Und sie hatte Chefs, die ihr das Blaue vom Himmel versprachen, das Erklimmen der Karriereleiter aber wie selbstverständlich an bestimmte Gefälligkeiten knüpften.

Jahrelang hatte Lili versucht, sich anzupassen, während Rose gehofft hatte, ihre Schwester würde irgendwann zu ihren Überzeugungen zurückfinden und anfangen, die vermeintlich hoffnungslosen Fälle zu verteidigen, von denen sie doch immer geträumt hatte. Aber nein, die junge Anwältin hatte sich dem Ziel verschrieben, den Herren Juristen zu zeigen, dass auch sie eines Tages eine große Strafverteidigerin sein würde, deren Talent allgemein anerkannt wäre und deren Werdegang man Respekt zollte.

Während sie noch auf diesen ruhmreichen Tag wartete, hatte Lili auf Schlaf, einen Partner und Kinder verzichtet. Und nun auch noch auf Fleisch. Rose war sich nicht sicher, ob ihr die Lust oder die Zeit dazu gefehlt hatten, aber sie spürte, dass jenseits der Fassade der fröhlichen Schwestern-Abende und all der Gespräche über die schwierige Beziehung zwischen Rose und Baptiste Lili sehr gern einen Grund gehabt hätte, sich einmal

Gedanken über etwas zu machen, was nicht beruflicher Natur war.

Nachdem sie die veganen Speisen gewürdigt hatte, kam Rose gleich zum Punkt: «Also, was soll ich jetzt mit Baptiste und Pierre tun?»

«Deine Probleme musst du selbst lösen.»

«Hast du deine Tage, oder was? Bitte, ich brauche deinen Rat. Sei nett!»

Während Rose noch schmollte, sagte Lili: «Okay, um es kurz zu machen – Baptiste hat seinen Vater getroffen, und es ist nicht so gelaufen, wie er es sich gewünscht hat. Dein Sohn hat mich angerufen. Er ist total von der Rolle. Ich verstehe, dass er sauer auf dich ist. Aber du musst ihm helfen. Und niemand kann deine Probleme für dich lösen. Du wolltest ja damals nicht auf mich hören. Ich habe versucht, dich dazu zu überreden, Pierre die Wahrheit zu sagen. Aber du warst zu stolz – und zu egoistisch –, und jetzt siehst du, wozu das geführt hat.»

«Sehr freundlich, wie du mich unterstützt, Schwesterchen.»

Schweigend wandten sich beide wieder ihren Cocktails zu. Rose musste zugeben, dass Lili ihr ganz schön den Kopf zurechtgerückt hatte. «Ja, es stimmt, dass ich damals nicht auf dich gehört habe, aber zu der Zeit war ich davon überzeugt, das Richtige zu tun. Doch ich glaube fest daran, dass es nie zu spät ist, seine Fehler zu korrigieren.»

«Sonst hast du immer das Gegenteil behauptet.»

«Ja, aber manchmal ändert man seine Meinung eben.»

«Dann sprichst du also mit Pierre?»

«Lili, ich habe das Gefühl, dass ihr mich alle nicht versteht. Darf ich dich daran erinnern, dass Pierre mir damals eröffnet hat, er würde mit einer Entwicklungshilfeorganisation für eine dreijährige Mission nach Afrika gehen? Wenige Tage später habe ich erfahren, dass ich ein Kind von ihm erwarte. Ich konnte euch nicht allein lassen, Papa und dich. Und genauso wenig konnte ich von ihm verlangen, für mich alles sausenzulassen. Entschuldige bitte, aber das würde ich nicht als egoistisch bezeichnen. Egoistisch wäre gewesen, Pierre dazu zu zwingen, seinen Traum aufzugeben, ihn hier festzuhalten und ihm eine Verantwortung aufzuhalsen, die er nicht haben wollte.»

«Und du hast dich nie gefragt, ob er vielleicht gern darüber informiert worden wäre? Ist ein Kind nicht ein guter Grund zu bleiben? Ist dir nie in den Sinn gekommen, dass ihr drei seit mehr als achtzehn Jahren gemeinsam glücklich sein könntet? Dass Baptiste einen Vater hätte haben können? Dass Pierre einen Weg hätte finden können, als Vater präsent zu sein? Das alles hast du den beiden vorenthalten. Wenn du ehrlich zu dir bist, hast du die Entscheidung getroffen, um dich zu schützen, weil du es nicht ertragen hättest, abgewiesen zu werden. Wenn du meine Meinung wissen willst, musst du die Sache mit Pierre regeln. Das ist das Mindeste, was du jetzt tun kannst, um Baptiste das Leben zu erleichtern!»

«Du nimmst dir ja ganz schön was raus», erwiderte

Rose wenig schlagfertig. Gern hätte sie einen Schluck getrunken, doch ihr Glas war leer. Wie ihr Herz. Ihr Selbstbewusstsein war am Boden, als sie sich großzügig nachschenkte. «Ich brauche dich», fuhr sie dann fort. «Du weißt, dass ich für alle immer nur das Beste wollte, oft ohne an mich selbst zu denken. Nun als egoistisch bezeichnet zu werden lass ich mir nicht gefallen. Schon gar nicht von einer alleinstehenden Frau, die sich immer nur um sich selbst gekümmert hat. Was weißt du schon von Nächstenliebe? Hast du schon mal für jemand anderen als dich selbst gesorgt?»

Lili verschluckte sich am Rest ihres Karotten-Ingwer-Cocktails und verschwand dann lange in der Küche. Rose fragte sich, ob sie zu weit gegangen war. Als Lili schließlich zurückkehrte, brachte sie einen kleinen Schokoladenkuchen mit zwei Löffeln mit.

«Ganz ehrlich, was erwartest du von mir, Rose?», fragte sie und klang wieder etwas gefasster. «Dass ich die Versöhnung mit deinem Sohn organisiere? Das habe ich bereits getan. Willst du, dass ich für dich mit Pierre rede? Als Zehnjährige, als Mama gegangen ist und du dich um Papa und mich gekümmert hast, warst du zupackender und hast dir mehr zugetraut als jetzt. Seit Papa tot ist, erkenne ich dich nicht wieder. Du zweifelst die ganze Zeit, fragst mich um Rat. Vorher war es genau andersherum. Ich war diejenige, die zu dir gekommen ist, du hattest immer einen klaren Kopf. Krieg dich wieder in den Griff.»

Rose schwieg und starrte ins Leere. Musste sie zugeben, dass sie sich seit dem Tod ihres Vaters nutzlos vorkam? Baptiste war flügge geworden, Lili stärker, die Trauer schien ihr kaum zuzusetzen. Sie selbst hingegen grübelte und zweifelte und war nicht mehr in der Lage, auch nur die kleinste Entscheidung zu treffen. Sie war orientierungslos und wusste nicht mehr, wohin sie gehörte.

«Manchmal ändern sich die Rollen im Leben eben. Die Tochter wird zur Mutter, die Mama spielt den Papa, und die Schwester, die immer alles konnte, braucht Hilfe. Sag mir, wie ich Baptiste zurückgewinnen kann. Ich möchte die Eiszeit zwischen uns endlich beenden.»

Lili legte den Löffel mit dem Schokokuchen ab und blickte Rose eindringlich an. «Okay, wenn ich dir mit Baptiste noch mal helfe, musst du mir aber auch helfen.»

«Natürlich, das habe ich doch schon immer getan, und daran soll sich auch nichts ändern. Wobei brauchst du denn Hilfe? Aber verlange bitte nicht von mir, dass ich jetzt auch aufhöre, Fleisch zu essen», erwiderte Rose aus einer Laune heraus und hätte sich im nächsten Moment am liebsten auf die Zunge gebissen.

«Nein, ich brauche wirklich Hilfe. Finanzielle Hilfe. Ich habe nämlich gekündigt.»

Das Kind mit dem Bade ausschütten

Rose wich die Farbe aus dem Gesicht, Lilis neueste Kapriole war schlicht zu viel für sie. Sie hatte gekündigt? Nachdem sie gerade erst befördert worden war und in wenigen Monaten nach Marseille ziehen sollte.

«Aber ... ich verstehe nicht», war alles, was sie hervorbrachte.

«Was ist da nicht zu verstehen? Seit langem wäge ich das Für und Wider ab. Ich werde bald vierzig und kann nicht mehr darauf hoffen, zufällig meinem Märchenprinzen zu begegnen. Die Arbeit frisst mich auf, raubt mir jegliche Energie.»

«Was redest du da? Bist du dir sicher, dass du ausreichend Proteine zu dir nimmst??? Was hat deine Arbeit mit deinem Liebesleben zu tun?»

«Das ist doch klar», erwiderte Lili. «Ich muss mir einen anderen Job suchen und mich endlich um mein Sozialleben kümmern, um vielleicht doch noch den Richtigen zu finden. Du hättest ihn auf jeden Fall schon getroffen, wenn es ihn gibt. Schließlich bist du den ganzen Tag unter Menschen. Ich glaube zwar nicht, dass ich deshalb gleich Dog-Sitterin werden will, aber ...»

«Na ja, immerhin bist du gegen Tierquälerei!», stichelte Rose.

«Du bist echt doof! Das mit der Kündigung war kein Spaß», beklagte sich Lili. «Du hättest das Gesicht von meinen Chefs sehen sollen. Die haben vielleicht eine Flappe gezogen! Deshalb wirst du deinen Hundeaufpasserinnenlohn demnächst mit mir teilen müssen. Du kennst mich ja. Ich war schon immer eher wählerisch, und ich glaube nicht, dass ich so bald etwas Neues finde. Jedenfalls habe ich keinen ernstzunehmenden Plan, und als Tier-Sitterin kann ich ja wohl nicht arbeiten, da du bei mehr als einem kleinen Zwergspitz allergisch reagierst. Mit Hunden oder Ähnlichem würde ich die einzige Person verlieren, die noch einigermaßen klar im Kopf und bereit ist, hin und wieder auf meinem Sofa zu übernachten. Ein bisschen bist du so etwas wie meine persönliche Couchsurferin.»

Die Schwestern fielen sich in die Arme und hielten sich lange fest. Sie brauchten beide die Nähe – und die schwesterliche Zärtlichkeit, die man als Erwachsene manchmal allzu leicht vergaß.

Wie der Vater, so der Sohn

Rose war verabredet. Und sie war nervös. Das war ihr nicht mehr passiert seit ... Wie dem auch sei! Sie war unsicher, wie sie sich verhalten sollte, und fühlte sich so schlecht, dass sie sich fast übergeben musste.

Sie würde sich das Wiedersehen nicht mit Kotzeritis verderben lassen. Und hoffentlich auch nicht durch nervöses Geplapper à la Bridget Jones!

Um sich nicht ganz verloren zu fühlen, hatte sie sich mit ihm im Café des Batignolles verabredet. Sie saß an ihrem angestammten Tisch und versuchte erfolglos, sich ein glückliches Ende des Gesprächs vorzustellen, für das sie extra gekommen war. Umso froher war sie, wenigstens Edgar in ihrer Nähe zu wissen.

Um sich von ihm wieder aufhelfen zu lassen, falls sie danach am Boden zerstört war.

Als er das Café betrat, blieb ihr fast das Herz stehen. Er wirkte älter und ein wenig müde. Dennoch sah er gut aus in dem dunkelblauen Dreiteiler. Sie hatte ihn noch nie so elegant gesehen. Er setzte sich ihr gegenüber und sah sie an. Sie hätte sich gefreut, wenn er sie angelächelt oder sie auf die Wange geküsst hätte.

Aber aus einem Hai wird nicht im Handumdrehen ein Clownfisch ...

Edgar brachte ihnen zwei Tassen Kaffee. Eine Weile schwiegen sie, und jeder beschäftigte sich mit seiner Tasse, bis Rose das Wort ergriff: «Du siehst super aus, Baptiste. Es gefällt mir, dich im Anzug zu sehen. Und Glückwunsch zum Diplom! Ich habe in der Hotelfachschule angerufen und erfahren, dass du mit Auszeichnung bestanden hast. Wie läuft's bei der Arbeit?»

«Ich habe den Job gewechselt. Dort, wo ich das Praktikum gemacht habe, habe ich gekündigt und arbeite jetzt bei Jessicas Vater in einem seiner Hotels. Für mein Alter habe ich einen Superposten. Es ist echt toll, dass er mir so viel zutraut.»

«Und wie geht es Jessica jetzt am Ende der Schwangerschaft?»

Guter Schachzug, sich nach ihr zu erkundigen. Sehr wichtig, um bei Baptiste Punkte zu sammeln ...

«Genau, die Geburt rückt näher. Gerade hat ihr Mutterschutz begonnen. Sie arbeitet ja sonst auch bei ihrem Vater, im Moment noch als Sommelière. Aber er bereitet sie schon seit Jahren auf die Nachfolge vor. Das ist ein bisschen wie bei den Hiltons, mit dem Unterschied, dass Jessica nicht Paris ist, sondern viel mehr *down to earth.*»

Down to was?

«Nach Jessicas Babypause will ihr Vater kürzertreten. Im Moment testet er mich und schindet mich ganz schön, nicht bösartig, zum Glück. Und ich arbeite gern hart, solange es Spaß macht.»

Rose schwieg. Sie wusste nicht, wie sie ihr Hauptanliegen ansprechen sollte. *Pierre.* Lili hatte ihr Anweisungen gegeben.

Lass ihn reden, stell offene Fragen, beurteile ihn nicht, und, ganz wichtig, verlang nichts von ihm!

«Ich habe dir das hier mitgebracht», sagte sie nur und schob ihm ein vergilbtes Foto zu. «Das bist du als Baby. Du warst damals erst ein paar Tage alt. Guck dir diese knuffige Schnute an! Keine Haare auf dem Kopf, aber immer ein Lächeln im Gesicht. Ich hoffe, dass euer Baby genauso süß wird.»

«Schwer zu sagen. Im Moment hockt *er* noch im Warmen», erwiderte Baptiste und zeigte ein Foto von der hochschwangeren Jessica auf seinem Handy.

Die rothaarige junge Frau war wunderschön und lächelte den Fotografen verliebt an.

Rose war gerührt. Ihr Sohn war einen Schritt auf sie zugegangen, ob nun bewusst oder unbewusst, das war ihr egal. Und er hatte «er» gesagt. Fast hätte sie eine Träne verdrückt, sie konnte sich gerade noch beherrschen.

Bloß nicht alles ruinieren!

Als Baptiste sein Handy wieder in die Tasche gesteckt hatte, verkrampfte sich Rose. Sie mussten langsam zum Punkt kommen, aber sie wollte nicht als Erste sprechen.

Bei Verhandlungen verliert immer derjenige, der als Erster redet, hatte Lili sie gewarnt. Sie hatte extra geübt, Schweigen auszuhalten. Stumm wie ein Fisch war sie.

Wie Meister Yoda.

Rose blickte zu Edgar, der sie beobachtete und sich

auf ihr Schweigen wahrscheinlich keinen Reim machen konnte. Dann brachte er ein Stück Kuchen zum Teilen, doch in diesem Moment erhob sich Baptiste. «Ich habe gar nicht so viel Zeit. Ich wollte dich nur kurz sehen und dich um Hilfe bitten. Wegen Pierre. Ich habe Kontakt zu ihm aufgenommen, aber es lief ziemlich schlecht. Eine freudige Vereinigung war es jedenfalls nicht.»

Wie überraschend.

«Ich kümmere mich um deinen Vater, Baptiste», beruhigte sie ihn. «Ich spreche am Samstag mit ihm, um alles zu regeln. Und wir sehen uns dann nächste Woche wieder, um uns gegenseitig auf den neuesten Stand zu bringen. Arbeite schön und grüß Jessica von mir.»

Bravo, super gemacht! Sachlich, ohne bestimmend rüberzukommen. Genau wie es sein sollte. Es geht in die richtige Richtung!

Doch Baptiste hatte das Café kaum verlassen, als Rose in Tränen ausbrach. Alarmiert setzte sich Edgar zu ihr und legte tröstend den Arm um sie.

«Hören Sie doch auf zu weinen, Rose. Was ist denn passiert?» Edgar tupfte ihr mit einem Taschentuch die Tränen von den Wangen.

Rose zuckte mit den Schultern. Das Sprechen fiel ihr schwer, sie versuchte es dennoch. «Ich weine, weil es so gut gelaufen ist, tausendmal besser als erhofft.»

Überrascht setzte sich Edgar mit dem von den Tränen seines Lieblingsgastes nassen Taschentuch in der Hand zurück.

Worte auf die Goldwaage legen

Rose hatte Véroniques Wohnung kaum betreten, als sie auch schon wieder kehrtmachte und die Tür von außen hinter sich zuzog. Eben hatte sie die SMS von der ersten Couchsurferin gelesen, die Colette und sie bei sich aufnehmen wollten. Ihre Beine zitterten so sehr, dass sie sich gegen die Tür lehnen musste. Sie hatte nicht einmal mehr genug Kraft, um die zwei Etagen bis in ihr kleines Studio hinaufzusteigen.

Die japanische Couchsurferin hatte beschlossen, eine Woche früher anzureisen als angekündigt, und war bereits gelandet. Was für eine Katastrophe! Rose musste ihr schnellstens absagen. Am Abend sollte Véroniques großes Dinner stattfinden, und für Rose war klar, dass sie dieses unnötige Risiko keinesfalls eingehen konnte.

Sie las den Rest der SMS. Die Japanerin bat um Rückruf, in dem sie bestätigen sollte, dass die frühere Ankunft in Ordnung wäre. Bei dem Gedanken, ein ganzes Gespräch auf Englisch führen zu müssen, geriet Rose in Panik. Sie beschloss also, ihr ein Video zu schicken, in dem sie einen sorgfältig vorbereiteten unmissverständlichen Text vorlesen würde.

Nachdem sie eine Weile später endlich die Aufnahmefunktion ihres Smartphones gefunden hatte, begann sie ihre Botschaft sehr laut vorzutragen, wobei sie jedes Wort extra deutlich aussprach, damit die Couchsurferin den Ernst der Lage erkannte. «Heute kommen nicht möglich! *Today, not possible!* Couch schon besetzt. *Couch already with someone inside.* (Kleine Lüge, aber es war eben ein Notfall ...) Nächste Woche ja. *Next week YES. Today NO.* OKAY???»

Noch immer vor Véroniques Tür hockend, versuchte Rose, ruhiger zu werden. Sie hatte auf Englisch ins Telefon gebrüllt, als würde ihr Leben davon abhängen. Keine ideale erste Kontaktaufnahme, wenn man ein 5-Sterne-Gastgeber werden wollte! Deshalb tippte sie noch zusätzlich schnell eine kleine Nachricht, wurde aber davon abgehalten, sie zu versenden, da sie in diesem Moment flach nach hinten auf den Rücken knallte.

Nicht die gleiche Liga

Auf der Suche nach der Quelle des Klagens, das sie dabei störte, ihre Chakren zu harmonisieren, fand Véronique ihre Dog-Sitterin auf dem Treppenabsatz vor der Tür, den Kopf in ihrem Rock vergraben und vor Überraschung, dann vor Scham knallrot im Gesicht.

«Rose? Sie sind es, die hier rumkrakeelt wie ein Ferkel? Was ist denn los?», empörte sich Véronique und griff nach dem Handy, um es zu konfiszieren.

Doch Rose erkannte schnell, dass dies nicht der Moment war, Véronique den tatsächlichen Grund zu eröffnen. Dafür kannte sie ihre Chefin zu gut.

Erstens war deren letzte Frage rein rhetorisch. Véronique wollte gar nicht wissen, warum sich ihre Angestellte so danebenbenahm. Sie hatte weder Interesse daran, noch wollte sie ihre Zeit mit ihr vergeuden.

Zweitens konnte sich Rose freuen, dass Véronique offenbar immerhin ihren Vornamen kannte, auch wenn sie ihn mit einem wenig zivilisierten Tier in Verbindung gebracht hatte.

Véronique hielt es weder für nötig, Rose das Telefon zurückzugeben, noch, sich zu erkundigen, ob mit ihr alles in Ordnung sei. Stattdessen ließ sie sich in ihrem weißen Seidenpyjama aufs Sofa sinken und massierte sich den Fuß, während sie Rose leidend ansah. «Ich bin deprimiert und fühle eine unglaubliche Leere in mir.»

So viel Erkenntnis in einem einzigen Satz. Das sprengt einem ja das Hirn!

«Aber warum?», erkundigte sich Rose gespielt freundlich. «Wurde Ihre Demonstration gegen die Obdachlosen abgesagt?»

«Großer Gott, nein, zum Glück nicht. Das ist das einzige Projekt, das meine Stimmung in diesen Tagen ein wenig hebt. Mit dieser Maskerade muss endlich Schluss sein. Erst heute Morgen habe ich wieder als arme Flüchtlinge verkleidete Leute gesehen, die das Mitleid gutgläubiger Menschen erheischen wollen, damit ihnen Wohnraum in den schönsten Vierteln der Stadt zur Verfügung gestellt wird. Während sie in Wahrheit Mercedes fahren!»

«Wie Sie? Ah, jetzt verstehe ich, warum Sie das derartig mitnimmt ... Sie sollten wirklich etwas dagegen unternehmen, Madame», erwiderte Rose darauf.

Véronique, die sich nicht ganz sicher war, ob sie gerade verschaukelt wurde, sah sie forschend an. «Ihr frecher Ton gefällt mir nicht, Rose. Man merkt sofort, dass es nicht Ihre Mülleimer sind, die hier durchwühlt werden.»

Wovor hat sie nur Angst? Dass die Obdachlosen in Wirklichkeit fürs Finanzamt arbeiten und nach Beweisen für Steuerhinterziehung suchen?

«Die haben alle etwas zu verbergen, keiner von denen

ist aufrichtig. Das sehe ich doch, wenn ich mit Pépette spazieren gehe und sie beobachte», schimpfte Véronique weiter.

Was so gut wie NIE vorkommt ...

«Aber was viel entscheidender ist, wir gehen heute Nachmittag für unsere Sache auf die Straße. Und wissen Sie, was? Sie haben Regen vorausgesagt. Sie schmeißen uns wirklich Knüppel zwischen die Beine, wo sie nur können. Was würden Sie an meiner Stelle tun?»

Nicht demonstrieren gehen!

«Wenn ich einen Regenschirm dabeihabe, kann ich das Banner nicht mehr hochhalten. Es sei denn ...»

«Und was ist mit einem Regenmantel mit Kapuze?», schlug Rose eilig vor, die bereits ahnte, worauf es hinauslief.

Angesichts von Véroniques verständnislosem Blick schob Rose hinterher: «Oder dann wenigstens ein Trenchcoat?»

«Ich ziehe doch keinen Regenmantel an, das kommt gar nicht in Frage! Soll das ein Scherz sein? Überzeugungen zu haben ist eine Sache, aber dafür jegliche Eleganz aufzugeben eine andere! Das haben wir bereits während eines zweistündigen Meetings thematisiert, in dem Bettina uns zu Macarons von Pierre Hermé genötigt hat. Die sollte sich lieber mal im Spiegel angucken, anstatt uns zu mästen! Diese doppelte Portion! Ich habe mich jedenfalls gut gehalten, zwar musste ich zweimal auf die Toilette, aber zumindest sind wir am Ende übereingekommen, dass wir unsere Übergangs-Pelze anziehen, die mit den Dreiviertelärmeln. Bei Regen passen die allerdings gar nicht. Was soll ich nur machen, Rose? Es sei denn ...»

«Und wenn Sie sich die Haare ganz streng nach hinten frisieren und dann mit Spray fixieren lassen? Dann kann die Frisur nicht zerzausen, und Sie werden auf den Fotos in den Zeitungen als überzeugte Kämpferin für ihre Sache rüberkommen, die dafür auch bereit ist, den Elementen zu trotzen.»

«Aber wer hat denn behauptet, dass ich Probleme mit meiner Frisur habe? Mich schreckt jodhaltiges Wasser überhaupt nicht. Immerhin fliegen Richard und ich mindestens zweimal im Jahr zum Golfspielen mit dem Hubschrauber zu seiner Villa in die Bretagne. Bei schlechtem Wetter draußen zu sein ist meine geringste Sorge. Samantha ist diejenige, die dann immer Kringellocken kriegt. Die Arme kann nicht mal im Ritz ins Spa gehen, ohne danach wie ein Pudel auszusehen, der Nicole Kidman in ihren frühen Jahren alle Ehre gemacht hätte. Und dabei ist ihr nicht einmal bewusst, wie lächerlich das wirkt! Nein, verstehen Sie doch, was wir bräuchten, ist ...»

«Wer kommt denn eigentlich heute Abend? Freunde von Ihnen?», erkundigte sich Rose. Sie blieb misstrauisch und war sich alles andere als sicher, ob ihre Chefin laut überlegte oder nur so tat, als wären ihre Argumente spontan, um langsam auszuholen und Schritt für Schritt auf den tödlichen Schlag hinzuarbeiten.

«Freunde? Soll das ein Scherz sein? Das sind doch

nicht meine Freunde! Wenn ich könnte, würde ich nur zu gern auf sie verzichten. Wir kommen aus zwei vollkommen unterschiedlichen Welten. Das sind vulgäre Neureiche, die sich kleiden wie Bauern. Und besonders helle sind sie auch nicht. Leider brauche ich sie. Alleine könnte ich diesem lächerlichen Bauprojekt nicht den Garaus machen. Und wenn das bedeutet, dass ich mich mit Bettina, Samantha und den anderen Tussen aus Richards Praxis rumschlagen muss, die sich statt Brustimplantaten lieber ein paar Neuronen einpflanzen lassen sollten, reiße ich mich eben zusammen und präsentiere mein hübschstes falsches Lächeln», höhnte Véronique und seufzte so tief, als trüge sie die Last der ganzen Welt auf ihren Schultern.

Im Herzen trug sie sie jedenfalls nicht.

Rose wurde plötzlich bewusst, wie traurig ihr Leben sein musste. Immer allein und ständig darauf bedacht, den Schein zu wahren und sich im besten Licht zu zeigen, ohne eine einzige echte Freundin. Kein Wunder, dass Depression und Kältetherapie ihre engsten Vertrauten waren. Allerdings verstand Rose noch immer nicht, welche Rolle ihr bei dieser Sache zugedacht war.

«Und Pépette soll dann heute Abend für die Gäste auf den Hinterpfoten tanzen?», fragte sie deshalb. «Und anschließend ein paar Purzelbäume schlagen? Nur zu Ihrer Information, ich war mit ihr gestern bei Karine, der Hundefriseurin.»

«Stopfen Sie mir den Kopf bitte nicht mit unnützen Namen voll. Wer ist Karine? Jemand aus Ihrer Welt?

Warum sollte mich das interessieren? Wussten Sie, dass die Menschen nur zehn Prozent der Kapazitäten ihres Gehirns benutzen?»

Einige sicher noch weniger ...

«Behalten Sie also den nicht gesellschaftsfähigen Teil Ihres Adressbuchs bitte für sich. Ist das klar?»

Glasklar!

«Und bereiten Sie Pépette für Ihre Nummern vor. Außerdem machen Sie mir für heute Abend eine Erdbeer-Charlotte. Bettinas Hintern wird sich freuen. Ich will Sie nicht aufhalten! Und ich verbitte mir, dass Sie während Ihrer Arbeitszeit noch mal so rumbrüllen. Gab es überhaupt einen Grund dafür, sich derart aufzuregen?»

«Natürlich nicht, na ja ...», stammelte Rose, nahm ihr Handy wieder an sich und verschwand in Richtung von Colettes Apartment.

Lediglich eine Japanerin, die gern an Ihrer Party teilnehmen würde. Allerdings bin ich mir nicht sicher, ob Sie es mit Ihnen aufnehmen kann.

Aber sie würde ein Problem nach dem anderen angehen. Die Japanerin war erst nächste Woche dran. Apropos: Auf dem Handy war nicht mehr genug Speicherplatz, um das Video zu versenden? *Das ist ein Notfall!* Endlich: Nachricht gesendet!

Jetzt wird Klartext geredet!

In der Geschichte des sozialen Protests hatte es noch keinen absurderen Fall gegeben.

Einige Stunden nach dem Gespräch zwischen Rose und Véronique saßen drei kultivierte Damen mit Catherine-Deneuve-Frisuren auf dem Sofa aus Albino-Krokodilleder im Salon und diskutierten wild durcheinander. Sie ereiferten sich über den besten Slogan und die Farbe der Banner, waren sich jedoch einig darin, dass diese Protestaktion gegen die Obdachlosen das Aufregendste seit langem war, was sie in ihrem monotonen, höchstens von der Lektüre der Gesellschaftsseiten des *Figaro* aufgerüttelten Leben erlebten.

Rose, die bis dahin geglaubt hatte, Véronique wäre der Gipfel der Arroganz, stellte fest, dass sie durchaus kein Einzelfall war.

Nachdem sie skeptisch ihr Stück Baisertorte beäugt hatten, das man ihnen vorgesetzt hatte, erhoben sich die Damen für eine Wohnungsbesichtigung. Mit ihren maßlos dicken Pelzen, unter denen knochige Stöckerbeine hervorschauten, erinnerten sie an Vogel Strauße. In der herrschenden Eiseskälte, die sie mit ihren überstrapazierten Nerven allerdings wohl kaum mehr spürten, lobten sie begeistert die neueste Anschaffung ihrer Gastgeberin.

Fasziniert standen die Shopping-Queens vor Véroniques aktueller Errungenschaft – einem zeitgenössischen Werk mit dem Titel «Ein Kater und seine Überreste», das aussah wie die Relikte eines Saufgelages in einer Männer-WG. In Roses Augen war es alles Mögliche, nur kein Kunstwerk. Guter Geschmack ließ sich eben mit Geld nicht kaufen.

Schniefend und trotz Thermo-Unterwäsche fröstelnd, beobachtete Rose die Gruppe unauffällig. Noch nie hatte sie so viele Pelze, Schmuck und perfekt frisiertes Haar auf einem Fleck aus der Nähe gesehen. Sie hatte oft überlegt, ob sie die Leute beneidete, für die sie arbeitete. Doch sie hatten wohl einfach nicht die gleichen Werte.

Wer konnte heutzutage noch verantworten, arme Tiere zu töten, nur weil sie so schönes Fell hatten, und gleichzeitig entzückt darüber sein, wie weich sich Pépette anfühlte? Wer gab Tausende von Euro für ein Kunstwerk aus, das an einen Schrotthaufen erinnerte? Und wer konnte sich ernsthaft von Obdachlosen abgestoßen fühlen, die im Müll nach den Essensresten suchten, die diese Damen unberührt wegwarfen, weil sie panische Angst davor hatten zuzunehmen?

Rose fragte sich, wie Pierre, aber auch Baptiste reagieren würden, wenn sie wüssten, welche Tätigkeit sie derzeit ausübte – was aus ihren Träumen und Ambitionen, Krankenschwester zu werden, geworden war. Dass sie nicht einmal mehr als Kindermädchen arbeitete. Pierres Job, der ihn in zahlreiche Länder dieser Erde geführt hatte, musste tausendmal spannender sein als ihre Friseurbesuche mit Pépette.

Sosehr sie gute Hausmannskost inzwischen zu schätzen wusste, sie wäre bereit, ab sofort vegan zu leben, wenn dadurch menschliche Dummheit eliminiert würde. Doch allem Anschein nach war diese deutlich ansteckender als Solidarität!

Vom Balkon der Wohnung aus beobachtete Rose, wie sich der Protestzug auf der Straße in Bewegung setzte. Sie hatte keine Ahnung, wie die Aktion enden würde, und sie hätte diese ausstaffierten *Töchter und Frauen von* am liebsten für immer aus ihrem Gedächtnis gestrichen. Zu gern hätte sie – aus Versehen, versteht sich – einen Blumentopf auf eine der Luxusgänse dort unten fallen lassen, die sich die Kehle aus dem Leib schrien. Oder wenigstens eine Handvoll Erde.

Zwischen den anderen war Véronique kaum noch zu erkennen. All ihre Freundinnen, oder vielmehr Bekannte, trugen die gleiche, offenbar unerlässliche Uniform: Pelz, blonde Mähne, Perlen um den Hals, Banner und einen kleinen Pinscher unterm Arm. Immer mehr vornehm rausgeputzte Modepuppen schlossen sich ihnen an. Es wirkte wie eine Parodie.

Angesichts ihrer Forderungen lief es einem kalt den Rücken hinunter. Die Leute auf der Straße blieben verdutzt stehen. Die meisten hielten es für einen Scherz und suchten nach einer versteckten Kamera. Sie konnten wohl nicht fassen, dass vor ihren Augen Hunderte piekfeine Damen durch die Straßen zogen. Das Erschreckendste war, wie geschickt die Demonstrantinnen die Fragen der Journalisten beantworteten. Vor allem ihre mit Nachdruck vorgebrachten finanziellen Argumente ließen die Passanten staunen. «Wenn der Bürgermeister uns nicht erhört, muss er mit Repressalien rechnen. Und was gebaut wird, zerstören wir!»

Rose schämte sich. Sie fühlte sich von ihnen vereinnahmt. Indem sie schwieg und nichts dagegen unternahm, wurde sie zur Komplizin in dieser niederträchtigen Sache. Sie selbst hatte als Alleinerziehende mit Kind in Noisy-le-Grand in eine Sozialwohnung ziehen dürfen. Ohne diese vom Staat errichteten Gebäude hätte sie Baptiste niemals eine Chance auf Erfolg bieten können. Für die Obdachlosen war die Situation noch kritischer, und die ahnungslosen Schnepfen davon reden zu hören, die neuen Unterkünfte gewaltsam zerstören zu wollen, obwohl ganze Familien sie dringend brauchten, ließ Rose verzweifeln.

Angesichts dieser Herde stinkreicher Frauen, deren Route sie zur Place Vendôme führen sollte und zur symbolträchtigen Rue de la Paix, musste Rose an die Anti-Pelz-Aktivisten denken, die jedes Jahr bei den Herbst- und Wintermodenschauen auf ihre Sache aufmerksam machten, indem sie teure Mäntel mit roter Farbe bespritzten, als Verweis auf das Blut der für die Mode geopferten Tiere.

Die Drohungen gegen den Bürgermeister und sein umstrittenes Projekt wühlten Rose so sehr auf, dass sie mit Schwung die Balkontür hinter sich zuschlug, da sie das Ganze nicht mehr ertragen konnte. Und am Abend würden diese verblendeten Tussen auch noch zum Essen kommen. Auch wenn Rose keine Zeit hatte, um Farbbeutel oder wenigstens Tomaten zu besorgen, würde sie dennoch einen Weg finden, um ihre Chefin rotsehen zu lassen.

Rache ist süß

Nachdem sie genug demonstriert hatten, fanden sich die Damen wieder bei Véronique ein. Mit einem Glas in der Hand und ihren inzwischen ebenfalls eingetroffenen Ehemännern neben sich warteten sie auf ihre Gastgeberin, die seit mehr als einer Stunde verschwunden war.

Véronique hatte nämlich beschlossen, die Viertelstunde, die normale Leute aus Höflichkeit zu spät kamen, neu zu interpretieren, indem sie sich – aus Hochmut – eine ganze Stunde Zeit ließ. Je später sie erschien, desto sehnlicher würde sie erwartet, womit sie eine Distanz zwischen sich und ihren Gästen schuf. Die anderen wurden dadurch kleiner und sie selbst größer. Hatte man jemals einen Star erlebt, der sein Konzert pünktlich begonnen hätte? Außerdem war sie ja nicht knauserig und ließ ihnen unterdessen Jahrgangs-Champagner servieren …

Längst war sie fertig, aber man musste einen Sinn fürs Timing haben. Wie bei einer Modenschau wartete Véronique auf den idealen Moment für ihren Auftritt. Dafür hatte sie ihre schicke Wohnung vorher um einen langen roten indischen Läufer bereichert. Es war der Abend ihres Lebens, an dem sie ihre Gäste beeindrucken und sich selbst in ihrem besten Licht zeigen wollte. Alles stand an seinem Platz und war genauestens geplant ...

Pépette war in Bestform, das weiße Fell glänzte seidig. Sogar Rose war versucht, sie zu streicheln. Am Nachmittag hatten sie Purzelbäume und Kunststücke geübt, die jeweils mit einem Stück trockenem Hundekuchen belohnt wurden. Rose war stolz darauf, dieses Nahrungsmittel erfolgreich durchgesetzt zu haben – anstatt der zuvor vollkommen unangemessenen Ernährung der kleinen Hündin. Es gab keinen Grund, weshalb sie sich am Abend nicht anständig benehmen sollte.

Auch Véronique sah hinreißend aus, das ließ sich nicht leugnen, selbst wenn sich Rose lieber die Zunge abgebissen hätte, als das zuzugeben. Sie trug ein trägerloses, mit Goldfaden durchwebtes, kurzes Kleid, das ihre gebräunten schlanken Beine gut zur Geltung brachte. Ihr Haar hatte sie gelockt und über eine Schulter gelegt, um den Blick auf große Ohrringe mit blitzenden Diamanten freizugeben. Man hätte glauben können, man befände sich auf der Vorpremiere eines Films mit Charlize Theron oder in einer Parfumwerbung.

Rose hingegen hatte ein pastellfarbenes Dienstmädchenkleid mit weißer Schürze an. Véronique hatte es so gewünscht, damit sie bei den Gästen einen guten Eindruck hinterließ. Ihre normale Kleidung sei für den Anlass nicht angemessen.

«Was sollen die Leute denken, wenn sie Sie so sehen?»,

hatte ihre Chefin noch gehässig nachgesetzt. «Dass sich das Obdachlosenasyl in meiner Wohnung befindet?!»

Rose hatte nicht geantwortet. Unwillkürlich dachte sie an Baptiste, der sich für sie geschämt hätte. Sie war dabei, ihre Seele an den Teufel zu verkaufen und all ihre Prinzipien über den Haufen zu werfen. Und wofür? Ihr Ausgangspunkt hätte doch sein müssen, das Leben wieder in die richtige Spur zu bringen. Stattdessen war es eher der *Highway to Hell.* Sie musste dringend etwas unternehmen.

Véronique wollte gerade ihre Gäste begrüßen, als ihr auffiel, dass die Anwesenden sie inzwischen offenbar vergessen hatten. Auf Balkon, Salon und Küche verteilt, unterhielten sie sich bestens und sprachen über alles, nur nicht über sie. Jetzt zu erscheinen hätte die minutiöse Vorbereitung total zerstört. Véronique ärgerte sich, und ihre Schläfe begann zu pulsieren. Das war gar nicht gut für ihren dramatischen Auftritt ...

Da schlug ihr Rose etwas vor, das Véronique sofort gefiel. Sie würde für ein Ereignis VOR dem Ereignis sorgen.

Sie bat Véronique, sich kurz zurückziehen zu dürfen, um sich frischzumachen, ehe sie ihre Chefin in Prada angemessen spektakulär in Szene setzen würde. Davon war diese wiederum nicht gerade begeistert. «Finden Sie, dass das der richtige Moment ist? Ach, dann gehen Sie halt! Aber beeilen Sie sich! Mein Make-up verläuft schon wegen dieser ganzen Warterei. Noch eine Minute, und ich sehe aus wie meine Mutter», schimpfte sie.

Einmal mehr fügte sich Rose, die vom Dog-Sitter

zum Mädchen für alles geworden war, und war bereits kurze Zeit später zurück, um die Musik anzustellen. Véronique hatte sie gebeten, ihre Lieblings-CD *Die schönsten Klassiker* einzulegen und das dritte Stück, die *Schwanensee*-Suite von Tschaikowsky, zu spielen. Danach lud sie alle Gäste ein, sich um das zeitgenössische Kunstwerk «Ein Kater und seine Überreste» zu versammeln, auf dem bereits einige leere Gläser abgestellt worden waren. Nachdem das Ballettstück zu Ende war, begann der triumphale Marsch aus *Aida* von Verdi. In dem Moment erschien Véronique am Ende des roten Teppichs, und die entzückten Gäste applaudierten. Sie tat so, als würde sie vor Scham erröten, und flanierte mit Pépette unterm Arm wie eine Prinzessin auf ihre Mit-Demonstrantinnen und deren Begleiter zu.

Ohne sie mit Küsschen zu begrüßen – wahrscheinlich, um ihr makelloses Make-up nicht zu verschmieren –, wandte sie sich an sie: «Meine lieben Freundinnen, Kameraden und Verbündete. Heute war ein großer Tag. Ein siegreicher Tag! Wir haben unsere Stimme erhoben und sind gehört worden. Sie haben begriffen, dass wir die Sache buchstäblich befeuern werden, wenn man nicht auf uns eingeht. Deshalb darf ich euch verkünden, dass dem Bürgermeister von Paris gar nichts anderes übrig blieb, als uns einzuladen. In den kommenden Tagen wird es im Rathaus ein Gespräch am Runden Tisch geben!»

Alle Versammelten applaudierten abermals – und Rose wurde schlecht. Sie fragte sich ernsthaft, wie es nur so weit hatte kommen können, dass Véronique so etwas von sich gab. Colette hatte sie sicher nicht dazu erzogen ... es sei denn, sie hatte sich grundlegend in ihr geirrt, was sie sich nicht vorstellen konnte.

«Erheben wir unsere Gläser! Auf den Sieg!»

«Auf den Sieg», erwiderten alle im Chor.

Dann wandte sich Véronique an Rose und herrschte sie an: «Blanche, nun machen Sie schon! Sie sehen doch, dass wir so gut wie nichts mehr in unseren Gläsern haben.»

Rose verzog sich mit einer fast leeren Champagnerflasche in die Küche. Den letzten Schluck trank sie selbst auf ex. Pépette folgte ihr.

Wie hältst du das bloß aus?!

Die kleine Hündin gab einen Laut von sich, der wie ein Seufzen klang, und Rose dachte, dass sie wahrscheinlich mehr verstand, als es den Anschein hatte.

Verzweifelt flüchtete sie in Colettes Apartment. Als sie der alten Dame begegnete, fehlte ihr die Kraft, auch nur irgendetwas zu ihr zu sagen. Schnell schloss sie sich im Bad ein. Sie musste eine klare Grenze ziehen, um die innere Kraft zu finden weiterzumachen.

Rose betrachtete sich im Spiegel. Was ihr da entgegenblickte, war nicht gerade ermutigend – ein Dienstmädchen wie aus dem Bilderbuch. Wenn sie Bilanz zog, musste sie zugeben, dass ihr Leben ihr in den letzten Monaten komplett abhandengekommen war. Auch vorher war es nicht perfekt gewesen, doch nun, kurz vor ihrem 37. Geburtstag, war sie auf dem besten Weg, eine alte Jungfer zu werden.

Schon immer war sie zu brav und wohlerzogen gewesen – Colette hätte es unsichtbar oder transparent genannt –, doch jetzt steckte sie in ihrem mittelmäßigen Leben derart fest, dass sie von allen locker übersehen wurde. Vergessen und von niemandem beachtet, war sie am Wegesrand zurückgelassen worden.

Und nun saß sie hier, in diesem Bad, tief unglücklich und allein mit ihrer ungeliebten Arbeit. Véronique rieb ihr nicht nur ihren Reichtum ständig unter die Nase, sie verhielt sich auch äußerst verachtend und trat Roses Ego bei jedem Kontakt erneut mit Füßen. Aber heute Abend hatte sie den Vogel abgeschossen! Ja, ihre Arbeitgeberin hatte den Bogen endgültig überspannt. Die selbsternannte Königin behandelte sie wie ihren Hofnarren.

Wie in einem Dampfkochtopf, der lange Zeit auf kleiner Flamme geköchelt hatte, war der Druck langsam, aber stetig immer weiter gestiegen. Ihr kam es so vor, als hätte sie ihr ganzes Leben geschwiegen und alles in sich hineingefressen. Sie würde dieses Haus danach vermutlich verlassen müssen, doch wenn, dann erhobenen Hauptes.

Zu viel war zu viel! Es war höchste Zeit, ihren guten Vorsatz in die Tat umzusetzen und endlich selbstbewusst zu werden.

Wie die Axt im Walde

Nachdem Rose das Bad verlassen hatte, ging sie zu Colette in deren Küche. Die alte Dame war dabei, die Erdbeer-Charlotte zu verzieren, die Rose für Véroniques Party vorbereitet hatte. Colette wollte mit diesem albernen Abend eigentlich nichts zu tun haben, hatte Rose aber angeboten, ihr ein wenig zur Hand zu gehen.

Das Dienstmädchen-Outfit, die verweinten Augen und das vor Wut unkontrollierte Zittern genügten ihr, um zu verstehen, dass der lang erwartete Moment gekommen war – der Tag X, an dem Rose endlich so weit war, alles hinzuschmeißen. Es bedeutete allerdings auch, dass das Zusammenleben mit ihrer alten Lieblings-Spinnerin beendet war.

Lächelnd nahmen sich Rose und Colette in die Arme und drückten sich schweigend so fest wie nur irgend möglich. Sie mussten nicht in Worte fassen, was Rose vorhatte und welche Folgen diese Rebellion haben würde. Colette würde sie in jedem Fall weiter unterstützen, aber ihre Rolle als offizielle In-den-Hintern-Treterin endete hier. Von nun an würde Rose ihr Schicksal selbst in die Hand nehmen, und ihre Idee war teuflisch! Sie würde

Véronique und ihren Gästen einige unschöne Momente bescheren. Gleichzeitig wusste sie, dass es danach kein Zurück mehr gäbe.

Pépette wich nicht von Roses Seite, als diese mit der riesigen Erdbeer-Charlotte in den Händen die Treppe hinunterstieg. An der Torte schien sie heute jedoch kein Interesse zu haben. Wie ungewöhnlich! Oder auch nicht? Das Abführmittel jedenfalls, das Rose kurz zuvor dazugegeben hatte, behagte der kleinen Hündin offensichtlich nicht, weshalb sie sich lieber auf die Kunststücke konzentrierte, die allen Gästen lebhaft in Erinnerung bleiben würden.

Die Hölle, das sind die anderen

Auf leisen Sohlen näherte sich Rose der Party. Sie hatte nur eine einzige Chance, ihren Coup erfolgreich durchzuziehen. Nachdem sie die Charlotte auf der repräsentativsten Tortenplatte platziert hatte, die sie finden konnte, gab sie noch aufgeschlagene Mascarpone obendrauf, bis das Dessert wirklich unwiderstehlich aussah. Beinahe musste sie sich selbst beherrschen, um nicht davon zu naschen.

Mit Pépette im Gefolge stellte sie die Charlotte im Salon mitten auf den Tisch und machte sich dann auf die Suche nach Véronique. Sie schlängelte sich zwischen den ausgelassenen Gästen hindurch, die sie neugierig ansahen, als sie plötzlich am Arm festgehalten und in die Speisekammer gezerrt wurde.

Sobald sie in Véroniques zornig funkelnde Augen blickte, ahnte sie Böses. Ihre Chefin roch nach Alkohol und redete viel lauter als notwendig: «Könnten Sie mir bitte verraten, was Sie vorhaben? Glauben Sie etwa, das ist Ihre Party? Einfach so selbstgefällig zwischen den Gästen hin und her zu flanieren, die eindeutig über Ihnen stehen? Glauben Sie etwa, es gelingt Ihnen, heute

Abend lukrative Freundschaften zu schließen und sich vielleicht sogar einen reichen Ehemann zu angeln, der Sie aus Ihren erbärmlichen Verhältnissen rausholt?»

Ich würde mich eher auf die Schienen werfen und von der Métro überrollen lassen, als einen von denen zu heiraten!

«Sie haben beschlossen, aufzubegehren und zu tun, wonach Ihnen der Sinn steht? Sie glauben, Sie wissen alles besser? Nein, Sie wissen gar nichts! Das sage ich Ihnen. Das sieht man, wenn man Sie nur anschaut. Es war mir klar, als ich Ihnen zum ersten Mal an den Mülltonnen begegnet bin.»

Was für ein Gedächtnis! Nicht für Menschen und deren Namen, sondern für Müll. Wenn es um Müll ging, war Véronique unschlagbar. Vielleicht war sie in einem früheren Leben eine Müllfrau gewesen?

Falls Rose noch einen letzten Rest schlechten Gewissens gehabt haben sollte, hatte Véronique ihn ihr gerade genommen. Wie konnte diese Frau ihr gegenüber mit Worten so grausam sein? Rose hatte ihr nichts getan, ein derartiges Verhalten war unentschuldbar.

Ein letztes Mal biss sie die Zähne zusammen, dann begann sie, ihren Plan in die Tat umzusetzen. «Ich habe Sie gesucht, Madame», säuselte sie. «Ich wollte Ihnen nämlich sagen, dass Pépette für ihren Auftritt bereit ist. Soll ich die Musik jetzt einschalten, oder wollen Sie lieber noch ein bisschen warten?»

Achtung, Multiple-Choice-Frage! Fataler Fehler in fünf, vier, drei, zwei …

«Ähm, nein, stellen Sie die Musik ruhig an, aber halten Sie sich zurück. Das ist mein Moment mit Pépette, den Sie mir nicht verderben werden! *Ich* habe ihr das alles beigebracht, ist das klar?»

«Selbstverständlich, Madame!»

Noch eine Lüge! Wer, glaubt sie wohl, schluckt all diese Kröten?

«Nun gehen Sie schon und kümmern sich um die Musik. Und nach der Nummer gibt es das Dessert. Ich hoffe, dass die Charlotte so gut gelungen ist wie neulich, als Sie unbedingt wollten, dass ich davon probiere. Sonst können Sie Ihren Job vergessen!»

«Das verspreche ich Ihnen Madame, sie ist sogar noch gelungener. Sie müssen mir dann erzählen, wie sie Ihnen geschmeckt hat.»

Die Zeit für den Gnadenschuss war gekommen!

Ein tödlicher Schlag

Rose bahnte sich erneut einen Weg durch die Gäste hindurch, nahm die Klassik-CD aus dem Player und verband ihr Handy, auf dem sich die Musik für die Hundenummer befand, per Bluetooth mit den Lautsprechern.

Lautlos zählte sie herunter, als handelte es sich um den Countdown an Silvester. Wie der Pawlow'sche Hund stellte sich Pépette auf die Hinterpfoten, sobald die ersten Töne erklangen. Sofort bildeten die Gäste einen Kreis um sie, und Véronique eilte an ihre Seite, um die Lorbeeren für die Dressur einzuheimsen.

«Sehen Sie nur, wie sie mir gehorcht. Und jetzt hinlegen, Pépette.»

Doch die kleine Hündin setzte sich. Mit vorgestreckter Schnauze wartete sie auf ihr Leckerli. Véronique warf ihr einen von Botox verzerrten wütenden Blick zu, und Pépette verstand, dass sie, anders als bei den Proben mit Rose, am Ende keine Belohnung zu erwarten hatte. Erst jetzt legte sie sich – aus Trotz – und wartete auf weitere Anweisungen.

«Purzelbaum, Pépette!»

Pépette wartete jedoch auf die entsprechende Purzelbaum-Musik ... Und hätte Véronique danach gefragt, hätte sie erfahren, dass ihr kleiner Spitz noch weitere Kunststücke beherrschte ... Da verstummte die eingängige Melodie plötzlich, und undeutliche Geräusche wurden hörbar. Sie klangen wie die schlechte Aufnahme eines Gesprächs zwischen zwei Personen. Man erkannte zwei verzerrte Frauenstimmen, als läge das Mikrophon unter einem Kissen.

Vor Wut schäumend, bei ihrer Zirkusnummer von einem technischen Zwischenfall unterbrochen worden zu sein, schaute sich Véronique nach Rose um, die jedoch nirgends zu sehen war.

Im nächsten Moment wurde der Ton klarer, und Véroniques Stimme schallte schrill durch den Raum. Die Gäste sahen sich amüsiert an, als sie merkten, dass sie offenbar ein Privatgespräch mit anhörten, das sicher nicht für die Öffentlichkeit bestimmt war. Die Neugier war ihnen ins Gesicht geschrieben.

Auf einmal war es mucksmäuschenstill – und alle lauschten der Unterhaltung zwischen Véronique und einer anderen Person, die sie nicht sofort erkannten. Es war Rose.

«Wer kommt denn heute Abend? Freunde von Ihnen?»

«Freunde? Soll das ein Scherz sein? Das sind doch nicht meine Freunde. Wenn ich könnte, würde ich nur zu gern auf sie verzichten. Wir kommen aus zwei vollkommen unterschiedlichen Welten. Das sind vulgäre

Neureiche, die sich kleiden wie Bauern. Und besonders helle sind sie auch nicht. Leider brauche ich sie.»

Véronique wäre am liebsten im Boden versunken. Alle starrten sie an. Nachdem sie sich endlich gesammelt hatte, eilte sie zur Hi-Fi-Anlage, nur gab es leider keine CD, die sie herausreißen konnte. Aus Verzweiflung begann sie wie eine Furie zu kreischen, um die Aufnahme zu übertönen, doch als man sie weiterhin glasklar hörte, wusste sie sich nicht mehr anders zu helfen als mit einem hilflosen Lächeln.

«Alleine könnte ich diesem lächerlichen Bauprojekt nicht den Garaus machen. Und wenn das bedeutet, dass ich mich mit Bettina, Samantha und den anderen Tussen aus Richards Praxis rumschlagen muss, die sich statt Brustimplantaten lieber ein paar Neuronen einpflanzen lassen sollten, reiße ich mich eben zusammen und präsentiere mein hübschstes falsches Lächeln –»

Erst als Véronique den Stecker der Hi-Fi-Anlage herauszog, verstummte ihre Lästertirade. Sie stand nach wie vor im Zentrum der Aufmerksamkeit, nur hatten ihre Gäste ihr Lächeln gegen erschrockene, fast feindselige Mienen getauscht. Sie merkte, dass ihr eine Falle gestellt worden war. «Es ist nicht so, wie ihr denkt. Das ist alles nicht echt. Das ist nicht meine Stimme.»

Doch niemand hatte für die Gastgeberin noch mehr übrig als einen verächtlichen Blick, und ein Gast nach dem anderen verließ wortlos erst den Salon und wenig später die Wohnung. Véronique flehte sie panisch an zu bleiben, aber niemand ging darauf ein.

Erst als sie mit Pépette allein im Salon zurückgeblieben war, erschien Rose und baute sich vor ihr auf.

«Sie! Ich werde Sie eigenhändig erwürgen. Ich habe Ihnen alles gegeben: eine Arbeit, ein Dach über dem Kopf, ein bisschen mehr Bildung. Und das ist der Dank dafür? Sie sind gefeuert!»

Rose lächelte, was Véronique noch mehr auf die Palme brachte. Hätte ein Küchenmesser auf dem Tisch gelegen, Rose hätte gewettet, dass sie damit auf sie losgegangen wäre. Doch auch ohne Messer näherte sich Véronique angriffslustig. Ganz offensichtlich hatte sie nicht vor, ihre Dog-Sitterin einfach davonkommen zu lassen.

Pépette schob sich zwischen die beiden und begann zu knurren. Die kleine Hündin zeigte Zähne. Offensichtlich konnte sie es nicht ertragen, dass sich ihre beiden Frauchen derart feindselig gegenüberstanden.

«Pépette, bei Fuß!», befahl Véronique. «Lass dieser jämmerlichen Person ihr armseliges Leben.»

«Sie schmeißen mich nicht raus, Madame, ich gehe selbst», verkündete Rose, die einen solchen Satz schon einmal im Fernsehen gehört hatte. «Lieber würde ich zusammen mit all den Mittellosen und Hungerleidenden die Mülleimer von Paris durchwühlen, als auch nur noch eine Sekunde länger hier bei Ihnen zu bleiben. Ich finde Sie und Ihren Egozentrismus nämlich wirklich zum Kotzen!»

Mit diesen Worten machte sie auf dem Absatz kehrt und riss die Wohnungstür auf. An ihrer Schlagfertigkeit musste sie noch arbeiten, aber man konnte ihr nicht vorwerfen, dass sie nicht gesagt hatte, was sie dachte. Pépette, die bis dahin reglos zwischen ihren beiden Frauchen stehen geblieben war, setzte sich in Bewegung und trottete wie selbstverständlich hinter Rose her, die bereits die Treppe hinunterhastete.

«Pépette», brüllte Véronique, «komm sofort zurück, sonst ...»

Mehr hörte Rose nicht, und es interessierte sie auch nicht. Sie, die allergisch gegen Hunde war, verließ das stattliche, im 19. Jahrhundert errichtete Gebäude mit ein paar Habseligkeiten und einem zufriedenen Vierbeiner an ihrer Seite.

Colette hatte recht. Endlich fühlte sie sich frei!

Vier Etagen weiter oben hatte sich Véronique mitten in ihrer eiskalten Wohnung auf den Boden gesetzt und stopfte sich nun mit den Fingern die Erdbeer-Charlotte in den Mund. Noch nie hatte Torte ihr mehr Trost geboten! Und Rose hatte nicht zu viel versprochen. Die Charlotte war wirklich köstlich, und sie, als ihre ehemalige Arbeitgeberin, würde nie vergessen, wie gut ...

Nicht ganz Jacke wie Hose

Am nächsten Morgen fühlte sich Rose niedergeschlagen. Gern hätte sie Colette gesehen, aber sie durfte die Wohnung ja nicht mehr betreten. Auf diese Weise behielt Véronique also doch noch das letzte Wort. Rose würde sich nicht mehr um Colette kümmern können. Sie würden keine gemeinsam gekochten Mahlzeiten mehr zum Mittag essen, nicht mehr in ihrem geheimen Garten tratschen oder gemeinsam internationale Couchsurferinnen einladen können, da sie keine gemeinsame Couch mehr hatten. Alles war vorbei. Sie hatte eine Freundin verloren. Selbst Pépette machte einen verlorenen Eindruck.

Spät am Abend war Rose doch noch mal zurückgekehrt, um ihre restlichen Sachen zu holen. Doch sie hatte Colette nicht wecken wollen, die endlich einmal tief zu schlafen schien.

Es war verrückt, dass sie ihr ganzes Leben in ein paar Taschen verstauen konnte. Alles, was ihr lieb und teuer war, befand sich darin, zum Beispiel die Karten mit den Rezepten, die sie mit Colette angefertigt und die diese immer wieder korrigiert hatte, wenn sich eine Mengenangabe als falsch erwies. In dieser Beziehung war Colette kompromisslos. Und weil sie Rose so oft dazu genötigt hatte, die Erdbeer-Charlotte noch einmal zu machen, kannte Rose alle Zutaten längst auswendig. Nichts beherrschte sie so gut wie diese Torte! Ob mit oder ohne Geheimzutat!

Als sie die Tür gerade zum zweiten Mal hinter sich hatte schließen wollen, war ihr noch etwas eingefallen. Schnell war sie in das kleine Studio zurückgelaufen und hatte das Geschenk geholt, das dort in einer Schublade lag: ein Kuscheltier für das Neugeborene. An ihr eigenes Kuscheltier hatte sie gedacht, aber das hier war wichtiger. Es erinnerte sie nicht nur daran, dass sie eine Familie hatte, sondern auch, dass ihr eine wichtige Aufgabe bevorstand.

Trotz der späten Stunde hatte sich Georges, Véroniques freundlicher Chauffeur, angeboten, Rose beim Transport ihrer Sachen zu helfen – wie an dem Tag, an dem die unselige Geschichte begonnen hatte ... Und dieses Mal zögerte Rose nicht, als Georges sie nach der Adresse fragte, zu der er fahren sollte.

Sie nannte ihm Lilis Adresse.

Welche auch sonst?

Späte Rache

Colette war seit dem Morgengrauen auf den Beinen. Sie hasste es, wenn ihre Tochter vornehme Leute zu Besuch gehabt hatte. «Die sind meistens die Schlimmsten», meinte sie. Entsprechend nahm sie sich vor, alles zu desinfizieren, nicht nur ihre eigenen Räume, sondern auch die Wohnung ihrer Tochter, aus der ein unangenehmer Geruch heraufdrang. Eilig stieg sie die Treppe hinunter und machte sich als Erstes daran, die Müllbeutel wegzuwerfen, die ihre Tochter hatte stehenlassen.

Véronique selbst hatte schlecht geschlafen, und nach wie vor plagten sie Bauchkrämpfe. Sie hoffte, dass das Fiasko vom Vorabend nur ein schlechter Traum gewesen war. Leider schützten nicht einmal Seidenlaken vor Albträumen.

Für sie war der Kampf gegen den Bau des Obdachlosenzentrums damit erst einmal in den Hintergrund gerückt. Viel wichtiger war, ihren Ruf wiederherzustellen. Das würde eine Weile dauern, denn unglücklicherweise war die Szene von einigen Anwesenden gefilmt und ins Netz gestellt worden. Véronique beschloss, ganz vorn anzufangen und erst einmal bei ihrem Therapeuten anzurufen, der ihr etwas zur Beruhigung verschreiben würde, damit sie sich ein wenig erholen konnte. Selbst Richard hatte nichts mehr von sich hören lassen.

Rose wählte unterdessen Colettes Nummer. Als diese nach dem vierten Klingeln endlich ranging, redete sie sofort drauflos: «Hallo, Colette. Und? Hat die Erdbeer-Charlotte Ihrer Tochter ordentlich zugesetzt?»

«Sie hat noch nie etwas schneller verdaut.»

«Wunderbar! Und bei Ihnen ist alles in Ordnung?»

«Mehr oder weniger. Bis auf eine Kleinigkeit. Véronique behauptet, ich hätte ihr neu erstandenes Kunstwerk – aus Versehen natürlich – weggeworfen. ‹Ein Kater und seine Überreste› heißt das Ding, falls Ihnen das was sagt. Aber das ist mir wurscht. Ich habe genug davon, ständig von ihr beschuldigt zu werden. Ich fürchte, wir werden heute Abend beide auswärts schlafen müssen. Aber ich muss jetzt Schluss machen, Rose, ich habe einen *crumble* im Ofen!»

Die Tatsache, dass Colette einmal mehr von Véronique runtergeputzt worden war, hinterließ bei Rose einen bitteren Nachgeschmack.

Ein eisiger Empfang

Ein Kapitel ihres Lebens ging zu Ende. Rose hatte das Viertel Les Batignolles verlassen und fürchtete, all diejenigen, die Teil ihrer Welt geworden waren, nie mehr wiederzusehen. Ade, liebe Freunde aus Edgars Café. Die anregenden Gespräche würde sie vermissen. Ade, Pépette mit den drolligen Kunststückchen. Ade, Colette mit ihren verrückten Ideen.

Während Rose bereits bei Lili ihre Sachen auspackte, überkam sie auf einmal ein mulmiges Gefühl. Ihrer Intuition folgend, wählte sie abermals Colettes Nummer, doch niemand nahm ab. Höchstwahrscheinlich war sie allein, nachdem das letzte Zusammentreffen mit ihrer Tochter nicht gut verlaufen war. Und wenn Sie nun übel gestürzt war? Wer würde ihr helfen?

Rose musste sich vergewissern, dass es ihr gutging.

Als sie vor Colettes Tür stand, bemerkte sie, dass neuerdings die gleiche Matte vor ihrer Tür lag wie oben auf der Dachterrasse, nur dass die Pfeile hier in die richtige Richtung zeigten – und damit zum Eintreten einluden. Während für Rose die Idee mit den Couchsurferinnen durch die Ereignisse der letzten Tage in den Hintergrund gerückt war, hatte Colette womöglich tatsächlich entschieden, Überraschungsgäste in ihr Leben zu lassen und diese trotz allem mit offenen Armen zu empfangen. Rose war gerührt, dass Colette so weit gekommen war.

Als niemand öffnete, holte Rose den auf dem Treppenabsatz versteckten Ersatzschlüssel und ließ sich selbst ein. Doch Colette war nicht da. Also stieg Rose eine Etage höher und sah in dem Studio nach, in dem sie gewohnt hatte, aber auch dort war niemand. Genauso wenig wie im geheimen Dachgarten.

Rose wählte noch einmal Colettes Nummer. Nachdem es einige Male geklingelt hatte, meldete sich eine männliche Stimme, die ihr mitteilte, dass sich Colette zurzeit in einem Krankenwagen befände. Sie war gestürzt.

Immer sachte mit den jungen Pferden

Colette war wieder bei Bewusstsein. Die sympathische Sanitäterin mit der rauen Stimme wirkte beruhigend auf sie. Eigentlich hätte sie angesichts der Tatsache, dass sie sich nicht in ihren eigenen vier Wänden befand, panisch werden müssen, doch in diesem Krankenwagen mit den großen Fenstern spürte sie keine Angst.

Der fürchterliche Streit mit ihrer Tochter hatte sich in der Küche fortgesetzt, und Colette hatte sich plötzlich schwach gefühlt. Wütend hatte Véronique auf dem Absatz kehrtgemacht und ihre Mutter sich selbst überlassen, in dem Glauben, sie würde den Anfall nur vortäuschen, um sich aus der Affäre zu ziehen. Deshalb war niemand bei ihr gewesen, als sich Colette wenig später nicht mehr auf den Beinen hatte halten können und gestürzt war. Zum Glück hatte sie ihr Handy bei sich gehabt und es gerade noch geschafft, den Krankenwagen zu rufen.

Colette griff nach dem Arm des jungen Herrn, der sie zuvor auf der Trage in den Wagen geschoben hatte, und bat ihn um einen Gefallen, der vielleicht ein wenig außergewöhnlich war. Er war in der Tat überrascht, aber da er in medizinischer Hinsicht kein Problem sah, stellte er den oberen Teil der Trage hoch, damit sie durch die Fenster zuschauen konnte, wie die Stadt vorbeizog.

Sie ahnte, dass die Untersuchungen, denen sie sich würde unterziehen müssen, keine besseren Ergebnisse bringen würden als die vorhergehenden. Sie fühlte sich schwächer denn je, und ihre Tochter würde die erste Gelegenheit ergreifen, sie – zu ihrem eigenen Wohl, versteht sich – in einer Einrichtung mit medizinischer Betreuung unterzubringen. Wohin sie ja schon auf dem Weg war ...

«Junger Mann, wäre es vielleicht möglich, dass wir uns ein wenig Zeit lassen? Es ist Jahre her, seit ich zum letzten Mal in diesen Straßen gewesen bin, die mir einmal so lieb und teuer waren, und ich würde gern die Gelegenheit nutzen, sie noch einmal zu sehen, bevor ich meine letzte Bleibe aufsuche ...»

Zum letzten Mal?, fragte sie sich.

Den Kopf an die Scheibe gelehnt, dachte Colette bei sich, wie wunderschön Paris doch war, während sie an den Parks ihrer Kindheit vorbeifuhr, an den Museen, in denen sie als Studentin Stammgast gewesen war, und an den Monumenten, die sie mit ihrer Tochter so gern besucht hatte, als diese noch klein gewesen war. Lange vor ihrem nicht mehr zu kittenden Zerwürfnis.

Seltsamerweise fand Colette in diesem Krankenwagen, der mit heulenden Sirenen durch die Stadt rauschte, inneren Frieden.

Man sieht nur mit dem Herzen gut

Rose hatte in dem Krankenhaus angerufen, in das Colette eingeliefert worden war. Sie war erleichtert zu hören, dass es ihr inzwischen besser ging. Man sagte ihr, sie könne sie am Abend besuchen kommen, da Colette vorher noch eine Reihe von Untersuchungen über sich ergehen lassen müsste. Auf die Frage der Dame am Empfang, ob sie ihre Tochter sei, hatte Rose mit «Ja» geantwortet.

Ihr Leben hatte seit einigen Monaten ein irres Tempo angenommen, aber ihr war bewusst geworden, dass die Liebe wichtiger war als alles andere. Was sie für ihren Sohn zu tun bereit war, hätte sie sich vor einigen Wochen noch nicht vorstellen können. Doch was Baptiste als kleiner Junge ständig wiederholt hatte, war wahr: Sie liebte ihn «bis zum Himmel und zurück».

Rose hatte sich oft gefragt, wie es sein konnte, dass die Liebe zwischen einer Mutter und einem Kind vollkommen verloren ging. Sie hatte immer daran geglaubt, dass sich die Dinge mit Baptiste irgendwann regeln würden, denn letztlich passte nichts zwischen sie und ihr eigen Fleisch und Blut. Kein Liebhaber und auch keine schöne Rothaarige.

Dann musste sie wieder an Colette denken. Nach wie vor war ihr unbegreiflich, wie eine Mutter und eine Tochter sich derart auseinanderleben konnten, bis sie sich gegenseitig völlig ignorierten. Was ging bloß in Véroniques Kopf vor, dass sie so unsensibel war, nicht zu merken, wie schwach ihre Mutter geworden war? Das grenzte an unterlassene Hilfeleistung, hatte Lili festgestellt. Ihr Gewissen hatte Rose schließlich dazu gebracht, Véronique zu warnen. Nach langem Schweigen hatte diese geantwortet: «Ich kenne meine Mutter, die hat ein dickes Fell, sie wird sich schon wieder berappeln ...»

Was auch immer zu ihrem schlechten Verhältnis geführt haben mochte, angesichts von Colettes Zustand hätte das alles vergessen sein müssen, und Rachegefühle und Bitterkeit hätten keinen Platz mehr haben dürfen. Rose zog aus dieser Erfahrung eine Lehre fürs Leben. Genau wie ihr Vater immer gesagt hatte: «Wenn uns das Leben eine neue Chance bietet, müssen wir sie ergreifen ...» Sie griff nach ihrem Handy. Sie musste dringend etwas erledigen, das sie schon viel zu lange aufgeschoben hatte.

Ohne auch nur noch eine Sekunde zu zögern, wählte sie die Nummer ihrer ersten Liebe. Pierre ging sofort ran.

Herzflattern

Zu Mittag traf Rose die Händler aus Les Batignolles. Freudig begrüßte sie ihre Freunde und dankte ihnen für ihre Zeit. Als sie ihnen erzählte, dass Colette im Krankenhaus war, boten alle sofort an, Rose dorthin zu begleiten, was sie sehr rührte.

Dann setzten sie sich alle gemeinsam an einen Tisch und hörten verblüfft zu, was sich in Roses Leben in letzter Zeit zugetragen hatte. Sie erfuhren von dem Mitschnitt, in dem sich Véronique so abfällig über ihre Bekannten ausgelassen hatte und der kurze Zeit später im Netz gelandet war, von der Erdbeer-Charlotte, die Véronique vollständig in sich hineingestopft hatte, und schließlich von dem Kunstwerk, das Colette, kurz bevor sie ins Krankenhaus gekommen war, im Müll entsorgt hatte.

Rose war nun also arbeits- und wohnungslos und damit streng genommen eine weitere Obdachlose, über die sich Véronique so sehr echauffierte. Doch an diesem Tisch erlebte sie eine unglaubliche Solidarität. Alle boten ihr einen Schlafplatz an, den sie allerdings höflich ablehnte, da sie ja glücklicherweise bereits bei ihrer Schwester untergekommen war.

Während Rose zunehmend nervöser wurde, weil sie in weniger als einer Stunde genau in diesem Café Pierre treffen würde, hatte Morgane etwas zu verkünden: «Ich nutze die Gelegenheit, dass wir alle, vielleicht zum letzten Mal, hier zusammensitzen, um euch zu verkünden –»

«Trommelwirbel», unterbrach Laurent scherzhaft dramatisierend.

«... dass auch der letzte Versuch in der Kinderwunschklinik erfolglos war, dafür aber ... meinem Adoptionsantrag endlich stattgegeben worden ist. Vor euch seht ihr die glückliche Mama eines fünfjähren Jungen. Er kommt aus der Demokratischen Republik Kongo und heißt César.»

Aufgeregt schwenkte sie ihr Handy. «Seht nur, wie süß er ist. Er lächelt die ganze Zeit, obwohl sein Leben bislang alles andere als leicht war. Wir werden unseren Alltag ziemlich umstellen müssen, um so viel Zeit wie möglich für ihn zu haben. Wahrscheinlich wird mein Mann seinen Job sogar erst einmal aufgeben, um sich um ihn kümmern zu können. Ich werde das Geschäft auf jeden Fall behalten. Ja, es gibt viel zu organisieren, aber wir freuen uns sehr, dass das Abenteuer endlich beginnt.»

Alle freuten sich mit ihr.

«Noch ein Neustart», murmelte Rose gedankenverloren.

«Du meinst außer deinem?», fragte Laurent.

«Nein, gerade dachte ich an meine Schwester. Auch sie will ein neues Leben beginnen.»

«Du hast eine Schwester?», wunderte sich Edgar, dem sie sonst fast alles erzählt hatte.

«Ja, ich habe eine ältere Schwester. Aber sprechen wir lieber über Morganes tolle Neuigkeit. Glückwunsch!»

Morgane ließ ihr Handy mit dem Foto herumgehen, als Edgar Rose zuflüsterte: «Ich glaube, du hast Besuch. Wir lassen dich jetzt besser allein.»

«Jetzt schon? Treffen wir uns später wieder hier, um gemeinsam Colette besuchen zu gehen?» Während sie den Satz noch beendete, erblickte sie einen sehr großen Mann in den Vierzigern, der geduldig wartete. Roses Herz setzte einen Schlag aus. Sie erkannte ihn sofort wieder. Allerdings befürchtete sie auf einmal, dass Pierre sie womöglich nicht mehr erkannte, zumal er sich, während er sich der Gruppe näherte, zunächst Morgane zuwandte.

«Ich entschuldige mich, dass ich Ihr Gespräch mit angehört habe, aber ich möchte Ihnen ebenfalls gratulieren, Madame. Ich war für einige Zeit im Kongo und kenne die Lage vor Ort. Die Kleinen dort brauchen alle Liebe der Welt.»

Dann aber drehte sich Pierre zu Rose um, und die Zeit schien stillzustehen – als wäre sie plötzlich zwanzig Jahre zurückgedreht worden. Natürlich war er älter geworden, seinen Charme aber hatte er nicht eingebüßt. Und er sah nach wie vor sehr gut aus, nur im Gesicht war er vielleicht ein wenig schmaler als früher, ansonsten hatten ihm die Jahre erstaunlich wenig zugesetzt. Ihre Blicke trafen sich, und er lächelte sie gerührt an. Rose war alles an ihm noch ganz vertraut: die Stimme, der Gesichtsausdruck, seine Art, sich zu bewegen. Er wirkte ruhig und entspannt, wie eh und je, und wie jemand, der die Dinge vernünftig anging und immer das Richtige zu sagen wusste.

Eindeutig kein Darth Vader, sondern eher der Han-Solo-Typ.

Pierre begrüßte Rose herzlich mit Küsschen auf die Wange, was sie überraschte. Nach dem, was sie von seinem Treffen mit Baptiste erfahren hatte, war sie von einem deutlich kühleren Empfang ausgegangen. Doch sie wusste: Stille Wasser waren tief. Sie blieb also sitzen, sah ihren Freunden nach, die das Café verließen, und lächelte Pierre dann schüchtern an.

Nervös wischte sie sich die feuchten Hände an ihrer Hose ab.

Pierre und Rose waren früher einmal unsterblich ineinander verliebt gewesen. Und es war ihnen schwergefallen auseinanderzugehen. Doch das Schicksal hatte sie vor fast zwanzig Jahren getrennt, und mit einer Ironie, die ihresgleichen suchte, trafen sie sich nun unter eher ungewöhnlichen Umständen wieder.

Pierre hatte ihr gegenüber Platz genommen, und Edgar hatte ihnen Cocktails mit frischen Früchten gebracht. Einige Sekunden lang sahen sie sich nur schweigend an.

«Du hast dich überhaupt nicht verändert», sagte sie schließlich.

«Du dich auch nicht. Du bist noch genauso schön wie früher.»

«Da sitzen wir nun», fuhr Rose verlegen fort. «Ist das der Moment, sich endlich alles zu sagen?»

«Ich weiß schon ziemlich viel. Ich habe ja Baptiste kennengelernt ... meinen Sohn. Pardon, unseren Sohn. Ich kann es noch immer nicht fassen. Ich weiß gar nicht, was ich dazu sagen soll. Ich bin total durcheinander, seit ich es weiß.»

«Ja, das kann ich mir vorstellen. Wo soll ich anfangen? Es tut mir so leid. Ich hätte mir auch gewünscht, dass es anders läuft ...»

«Der Junge ist doch super geraten», unterbrach Pierre sie.

«Ja, er ist toll. Ich bin sehr stolz auf ihn.» Ihre Augen füllten sich mit Tränen.

«Weißt du, Rose, ich habe in den letzten Tagen viel nachgedacht, und fest steht, dass wir an allem, was passiert ist, nichts ändern können ... wir können die Zeit nicht zurückdrehen, es nützt also nichts, dem nachzutrauern ... Aber ich möchte den Moment nutzen, um uns darüber klarzuwerden, dass das Leben uns eine neue Chance bietet. Dafür sollten wir dankbar sein. Lass es uns positiv sehen. Gleichzeitig zu erfahren, dass man Vater ist und Großvater wird, ist auch nicht jedem vergönnt.»

Rose musste lachen. Pierre hatte offenbar nach wie vor eine philosophische Ader. Schon immer hatte er sie zu beruhigen gewusst, wenn ihr irgendetwas Angst machte, da er die wunderbare Gabe besaß, die Dinge zu relativieren. «Er hat dir also alles erzählt?»

«Mehr oder weniger ...»

«Aber eins verstehe ich nicht. Ich dachte, du willst ihn nicht mehr sehen ... und bist sauer? Ich dachte, verstanden zu haben, dass euer Treffen eher schlecht gelaufen ist?»

«Ich und sauer? Ich habe ihn gerade gestern erst wiedergesehen, und für morgen haben wir uns zum Mittagessen verabredet. Was hat das denn mit ‹sauer› zu tun?»

«Aber er hat mir gesagt ...» Rose beendete den Satz nicht, weil sie ins Grübeln kam. Pierre wirkte sehr überzeugend, während Baptiste immer ausweichend reagiert hatte, wenn er davon gesprochen hatte, warum er mit seinem Vater aneinandergeraten war.

War es etwa möglich ...?

«Oh, dieser Schlawiner! Ich fass es nicht ... Von wem er das wohl hat?»

«Von mir sicher nicht», antwortete Pierre grinsend.

«Es läuft also gut zwischen euch?»

«Bestens, würde ich sagen.»

«Was bedeutet, dass mich mein Sohn auf den Arm genommen hat?»

«Sieht ganz so aus.»

«Warum hat er das getan?»

«Was meinst du wohl? Da ist er wie jedes Kind. Damit seine Eltern wieder zusammenfinden.»

Rose lächelte. Sie merkte, wie sie errötete.

Konnte es sein, dass die Sterne, einmal in ihrem Leben ... günstig für sie standen?

Ein Himmel voller Sterne

Am Nachmittag traf sich Rose mit ihren Freunden im Café wieder, um gemeinsam Colette zu besuchen. Zunächst einmal waren Edgar und die anderen allerdings brennend daran interessiert, wie es mit Pierre gelaufen war – den sie alle sympathisch fanden. Ihrer ersten und einzigen großen Liebe wiederzubegegnen, als wären sie gestern erst auseinandergegangen, hatte Rose einen größeren Schock versetzt, als sie jemals zugegeben hätte.

Es fiel ihr schwer, sich auf ein Gespräch zu konzentrieren. Pierre hatte ihr vollkommen den Kopf verdreht. Sie hatten über alles und nichts gesprochen und sich schließlich mit dem Gefühl verabschiedet, sich noch viel mehr zu erzählen zu haben. Einer Sache war sich Rose jedoch jetzt schon sicher: Er war ganz der Alte – verständnisvoll und vernünftig wie eh und je, und er sah noch genauso gut aus.

Sie hatten sich für den kommenden Samstag verabredet. Rose nahm sich vor, in ihrem Horoskop nachzulesen, was die Sterne dazu sagten. Man konnte eben doch nie ganz aus seiner Haut!

«Rose, bist du überhaupt bei uns? Wir haben beschlossen, dass du das Pflegepersonal ablenkst, während wir uns in Colettes Zimmer schleichen, um sie zu entführen.»

«Jaja, sehr gut, wunderbar!», stimmte Rose gedankenverloren hinzu.

«Umso besser, wir hatten schon Angst, du hättest ein Problem damit, oben ohne rumzulaufen, aber wenn es für dich in Ordnung ist, kann's ja losgehen.»

«Was? Entschuldigung, da habe ich anscheinend etwas verpasst. Oben ohne? Ich? Was soll das denn? Und was hat es mit dem Entführen auf sich? Wollten wir Colette nicht einfach besuchen? Meiner Meinung nach ist sie dort besser aufgehoben als bei ihrer Tochter, gerade im Moment.»

«Das war nur Spaß, Rose. Wir gehen gleich gemeinsam zu Colette, wie geplant. Laurent wird einen Strauß Nelken mitbringen, und Isabelle hat sicher eine Schachtel mit *chouquettes* dabei.»

«Hat dich Cupido etwa voll erwischt?», neckte sie Laurent und handelte sich dafür einen ernsten Blick von Edgar ein.

«Ist er denn noch Junggeselle?», fragte Isabelle. «Eine gute Partie wie er bleibt eigentlich nicht lange auf dem Markt. Hast du darauf geachtet, ob er einen Ring trägt?»

«Ähm, nein. Hätte ich das tun sollen? Stimmt, ich habe keine Ahnung, ob er verheiratet ist. Auf das Thema sind wir gar nicht gekommen.»

«Soll das ein Witz sein? Das ist doch das Erste, was man fragt, meine Liebe», ereiferte sich Laurent. «Man muss doch erst die Erde kennen, ehe man dort pflanzt, wie wir unter uns Gärtnern sagen ...»

«Jetzt lasst sie doch mal in Ruhe», ging Edgar dazwischen. «Ihr merkt doch, dass sie schon ganz verlegen ist.»

Womit er nur allzu recht hatte. Wie hatte sie so dumm sein können, Pierre nicht zu fragen, ob es in seinem Leben jemanden gab?

Cool bleiben, beschwor sie sich und versuchte, den Hochzeitsmarsch auszublenden, der seit ihrem Treffen mit Pierre in ihrem Kopf herumspukte.

Zarte Familienbande

Rose erschrak, als sie Colettes Zimmer betrat. Wie ihre Freundin dort lag und schlief, wirkte sie unendlich klein und schwach. Rose setzte sich auf die Bettkante und strich ihr übers Haar.

Colette lächelte.

«Ich wusste, dass Sie nur so tun, als würden Sie schlafen. Langsam kenne ich Sie.»

Colette öffnete ein Auge und begann laut zu lachen. «Sie? Hier? Warum sind Sie gekommen?»

«Ich weiß es auch nicht. Vielleicht, weil ich Sie mag.»

«Aber ich bin doch nur noch ein kleines Häufchen Elend, ich schaffe es nicht einmal mehr, allein aufzustehen.»

«Das wird schon wieder, Colette. Sie kriegen hier alle möglichen Medikamente, und da Sie vorher nie Tabletten genommen haben, ist es normal, dass die bei Ihnen nun erst mal alles durcheinanderbringen.»

«Wenn die Ergebnisse der Untersuchungen da sind, werde ich in ein Heim überwiesen.»

«Was? Moment mal, aber warum denn? Sie sind doch noch kein Pflegefall. Sie müssen da nicht hin, wenn Sie nicht wollen. Hat Ihre Tochter das für Sie entschieden? Ja?»

«Nein, ganz und gar nicht. Wirklich nicht. Ich selbst habe darum gebeten.»

Rose sah sie misstrauisch an.

«Sehen Sie, ich werde nicht ewig leben», fuhr Colette fort, «und ich habe es mir gut überlegt. Ich habe keine Lust, wieder zu meiner Tochter zurückzukehren. Dort, wohin ich komme, gibt es einen wunderschönen Garten, und einmal wöchentlich finden Patisserie-Kurse statt. Ich werde umsorgt und ein viel ruhigeres Leben haben. Es bringt nichts, wenn ich bei meiner Tochter bleibe, das habe ich eingesehen. Ich werde dort ständig krank, weil sie in einem Kühlschrank lebt, und unsere Beziehung ist leider kaputt. Ich möchte mein Leben in Frieden beenden. Aber bis es so weit ist, bleibe ich noch ein paar Tage oder Wochen hier. Hier haben sie auch einen Park. Hätten Sie Lust, mit mir dort eine Runde zu drehen?»

«Sicher, außerdem muss ich etwas mit Ihnen besprechen. Ich brauche Ihre Hilfe, Colette. Es geht um eine delikate Angelegenheit, über die man nur mit einer engen Freundin sprechen kann. Mit jemandem, zu dem man Vertrauen hat und der einen nicht verurteilt.»

Colette lächelte und legte eine Hand auf Roses. Sie waren mehr als Freundinnen, fast war es eine Mutter-Tochter-Beziehung, die auch die Beendigung des Arbeitsverhältnisses als Dog-Sitterin nicht auflösen konnte.

Rose schob den Rollstuhl in den Garten des Krankenhauses. Es war ein komisches Gefühl, mit Colette endlich einmal draußen und überhaupt wieder mit ihr zusammen zu sein. Fehlte nur noch Pépette. Rose stellte den Rollstuhl neben einer Bank ab und setzte sich hin.

«Wenn ich mich nicht täusche, wollten Sie mit mir über etwas sprechen, Rose?», nahm Colette das Gespräch wieder auf.

«Ja, seit ich Sie kennengelernt habe, ermuntern Sie mich, mein Leben in die Hand zu nehmen ...»

«Es geht um Baptistes Vater, stimmt's?»

«Ihnen bleibt aber auch nichts verborgen.»

«Sie sehen total fertig aus! Ich wette, Sie haben seit vierundzwanzig Stunden nichts mehr gegessen ... Nur zu meiner Beruhigung: Ein Tiefkühlgericht können Sie doch aber nach wie vor in der Mikrowelle aufwärmen, oder?»

«Machen Sie sich nicht über mich lustig, Colette», erwiderte Rose lächelnd. «Und Sie wissen ganz genau, dass ich keine Tiefkühlgerichte mehr esse. Ja, ich habe Pierre wiedergesehen, und seitdem stehe ich irgendwie neben mir. Als wäre ich seekrank.»

«Das nennt man Liebe, Herzchen! Das ist doch eine wunderbare Neuigkeit.»

«Wie man's nimmt ...»

«Warum? Was ist los? Sagen Sie nicht, dass er sauer auf Sie ist?»

«Nein, das glaube ich nicht. Er wirkte eigentlich ziemlich zufrieden. Rachsüchtig zu sein passt auch nicht zu ihm. Nein, das Problem ist, dass ich nicht weiß, ob er noch zu haben ist. Er hat mich zum Essen eingeladen, aber ich habe mich nicht getraut zuzusagen.»

«Für wann hat er Sie denn eingeladen?»

«Für übermorgen. Samstag also.»

«Aber das ist ja phantastisch. Warum haben Sie mir das nicht gleich gesagt?»

«Ich weiß nicht, wie ich darauf reagieren soll. Ich habe solche Angst.»

«Was haben Sie denn zu verlieren?»

«Ich habe keine Lust, mir falsche Hoffnungen zu machen, nur um dann wieder enttäuscht zu werden. Ich weiß einfach nicht, was ich tun soll.»

«Sie und Ihre Angewohnheit, mir Fragen zu stellen, auf die Sie die Antwort bereits kennen. Sie reden nur mit mir, weil Sie einen Tritt in den Hintern brauchen. Sie wissen genau, was Sie zu tun haben. Schnappen Sie sich Ihr blödes Handy und rufen Sie ihn sofort an, ehe ich Sie mit dem Rollstuhl überfahre!»

Rose nahm Colettes Hand und küsste sie liebevoll. «Sie sind meine gute Fee! Kommen Sie, gehen wir wieder rein, Sie kriegen gleich noch mehr Besuch ...»

«Ach ja? Von wem denn?»

Auf dem Weg zum Hintereingang entdeckte Colette die Freunde aus Les Batignolles, die einen Strauß Nelken dabeihatten, und bekam sofort feuchte Augen. Gerührt kam ihr ein Sprichwort in den Sinn. «Die Familie kann man sich nicht aussuchen, Freunde hingegen schon.»

Jeder Topf findet seinen Deckel

Insgeheim betete Rose, dass Pierre nicht abheben würde. Doch bereits beim zweiten Klingeln war er dran. Seine Stimme klang ruhig, während Rose innerlich in Aufruhr war und nicht wusste, wo sie anfangen sollte. Sie konnte doch nicht wie auf dem Schulhof fragen: «Hast du eine Freundin?»

«Hallo, Pierre, entschuldige die Störung, aber können wir uns so schnell wie möglich sehen? Ich müsste nämlich zwei oder drei Dinge dringend mit dir besprechen.»

«Ich habe auch etwas mit dir zu besprechen. Ich kenne da ein kleines japanisches Restaurant, in dem man gut isst und wo wir unsere Ruhe haben. Ich reserviere uns für heute Abend einen Tisch und schicke dir die Adresse dann per SMS.»

«Wunderbar. Bis später, Pierre.»

Oh nein ... was hat er mir Wichtiges zu sagen? Was hat mich bloß geritten, ihn anzurufen???

Um 21:00 Uhr betrat Rose das Restaurant, wo Pierre bereits mit einem kleinen Blumenstrauß wartete. Eine Sekunde lang betete sie, dass die Blumen wirklich für sie waren und nicht für ein krankes Elternteil oder, schlimmer noch, ein Rendezvous unmittelbar nach ihrem gemeinsamen Abendessen ...

Glücklicherweise erhob sich Pierre, sobald sie an den Tisch getreten war, küsste sie auf die Wange und überreichte ihr die Rosen. Weiße Rosen. Wäre Laurent da gewesen, hätte er sie darauf hingewiesen, dass das ein gutes Zeichen war. Aber sie wollte sich lieber keine allzu großen Hoffnungen machen!

Sie musste unbedingt loswerden, was sie belastete, bevor sie anfingen zu essen, sonst würde ihr Magen noch ein unerwünschtes Eigenleben entwickeln. «Wir hatten neulich nicht genug Zeit zum Reden. Erzähl. Was gibt's Neues?» *Was gibt's Neues??? Was war das denn für ein Unsinn ... So würde sie bestimmt nichts aus ihm herausbekommen.*

«Was möchtest du denn wissen? Zwanzig Jahre lassen sich nicht mal eben kurz zusammenfassen, und es ist auch nicht alles interessant. Aber wenn ich dir mein Leben erzähle, will ich auch über dich mehr wissen – und über Baptiste. Ich habe so viel verpasst, was ich gern so schnell wie möglich nachholen würde.»

«Ich weiß nicht ... Zum Beispiel, ob du verheiratet bist? Was hast du Baptiste erzählt? Ich würde nur gern auf dem gleichen Stand sein wie er, bevor wir sie treffen.»

«Verheiratet, ja.»

Oh Schei...benkleister! Das war's! Lasst mich in diesem japanischen Restaurant mit Sushi vollgestopft verrecken ...

«Vor zehn Jahren habe ich eine Krankenschwester geheiratet, die mit mir im Ausland war. Aber unsere Mission dort unten hat uns sehr in Anspruch genommen, und irgendwie haben wir uns auseinandergelebt. Nach sechs Jahren haben wir uns getrennt. Wir hatten nicht mehr die gleichen Ziele im Leben. Ich hatte das Gefühl, dass ich lange genug im Ausland gewesen bin, und wollte zurück, nicht zuletzt weil mein Vater krank war, während sie noch weitere Länder sehen und mehr erleben wollte. Das ist alles.»

«Nein, nicht unbedingt», sagte Rose. «Was ich sagen will, vielleicht war das nicht alles? Wenn ich richtig rechne, liegt eure Trennung vier Jahre zurück. Seitdem kann alles Mögliche passiert sein ...»

«Du bringst mich immer noch so sehr zum Lachen wie früher, Rose! Frag doch einfach gleich, ob ich mit jemandem zusammen bin, das wäre einfacher. Und du, hast du jemanden?»

«He! Ich habe zuerst gefragt. Du musst vor mir antworten.»

«Ja, es gab einige Affären, aber nichts Ernsthaftes. Und im Moment ist da gerade niemand Konkretes oder fast niemand ...»

«Okay, die Antwort hätte ich mir etwas eindeutiger gewünscht. Jedenfalls gibt es bei mir im Moment auch niemand Konkreten. Ich war in letzter Zeit ziemlich beschäftigt.»

«Ach ja? Interessant ... Was machst du eigentlich, beruflich, meine ich? Ich habe es neulich nicht richtig verstanden, als ich mit Baptiste geredet habe. Ich war mir eigentlich sicher, dass du Krankenschwester geworden bist ...»

Grrr! Warum muss er sich daran noch erinnern ...

«Ähm, nein, noch nicht, noch immer nicht. In letzter Zeit denke ich allerdings wieder ernsthaft darüber nach, stell dir vor ... Aber ich habe kein Problem damit. Eine sehr gute Freundin hat mir klargemacht, dass es nie zu spät ist, um an sich selbst zu denken. So sieht es aus ...»

«Rose, ich möchte dich um einen Gefallen bitten ...»

«Was immer du willst! Ich bin nicht wirklich in der Position, dir irgendetwas auszuschlagen.»

«Wie gesagt, was vergangen ist, das ist vergangen. Ich werfe dir nicht vor, erst nach achtzehn Jahren zu erfahren, dass ich Vater geworden bin, aber etwas ist mir wichtig ...»

«Ja?»

«Ich möchte Baptiste gern offiziell als meinen Sohn anerkennen lassen. Es gibt nichts, was dagegen spricht. Ich habe mich informiert, es sind einige behördliche Schritte zu unternehmen, aber möglich ist es. Natürlich wollte ich mit ihm nicht ohne dein Einverständnis darüber reden ... Was hältst du davon?»

Hallo, Mond. Hier Erde. Bitte antworten!

Rose war sprachlos. Sie war so sehr mit Pierres Beziehungsstatus beschäftigt gewesen, dass sie das Wesentliche vergessen hatte. Pierre war mit vierzig Jahren gerade Vater geworden! Und als aufrichtiger und engagierter Mensch, der er nun einmal war, wollte er die Dinge richtig machen. Wie immer. Wie früher schon.

Die Entscheidung war keine Kleinigkeit, im Gegenteil. Aber es gab kein schöneres Geschenk, das sie Baptiste gemeinsam machen konnten als diese *Formalität* ...

«Das ist mehr, als ich je zu hoffen gewagt hatte, Pierre.»

Er sah Rose tief in die Augen und hätte ihr, der Frau, die er nie vergessen hatte, gern gesagt, was ihm auf der Zunge brannte.

Wenn er mutiger gewesen wäre, hätte er Rose gestanden, dass er während all der Jahre nie aufgehört hatte, an sie zu denken, dass er vor achtzehn Jahren, anstatt Rose aus beruflichem Ehrgeiz zu verlieren, gern eine Landarztpraxis eröffnet hätte. Könnte er das Rad der Zeit zurückdrehen, wäre er an ihrer Seite geblieben, und sie hätten Baptiste gemeinsam großgezogen und wahrscheinlich noch weitere ebenso gutaussehende, intelligente und empfindsame Kinder bekommen wie ihn.

Wie gern wollte er ihr all diese Dinge sagen. Er griff nach ihrer Hand, als Roses Handy klingelte ...

Sie sah auf dem Display Baptistes Namen vor dem Hintergrund des mittlerweile bekannten Selfies, und ihr rutschte das Herz in die Hose. Sie hatte eine seltsame Ahnung. Einmal mehr.

«HALLO! Hörst du mich? Bist du da?»

«Jaja! Ich bin da! Was ist los?»

«Jessica hat entbunden. Wir sind im amerikanischen Krankenhaus. Besuche sind dort nicht erlaubt, aber ausnahmsweise werden sie schon morgen entlassen. Wir sind dann erst einmal bei ihren Eltern, aber ich würde mich freuen, wenn du vorbeikommst. Und kannst du bitte Pierre Bescheid sagen? Wär schön, wenn er auch kommt. Sagen wir morgen um 14:00 Uhr? Die Adresse schicke ich dir per SMS.»

Schluchzend und lachend zugleich ließ Rose ihrem Jubel und ihrer Erleichterung freien Lauf. «Alles klar, mein Schatz! Ich freue mich so.»

Nun war sie es, die – mit Tränen in den Augen und einem strahlenden Lächeln im Gesicht – nach Pierres Hand griff. «Das Baby ist da. Und wir werden den Kleinen gemeinsam kennenlernen.»

Wie Schokolade

Lili lachte seit mehr als zehn Minuten fast hysterisch. Rose gelang es nicht, sie zu stoppen, auch wenn es sie langsam nervte. «Gut, jetzt krieg dich mal wieder ein! Ich habe dir nur gesagt, dass wir gemeinsam essen waren, das ist alles. Dem ist nichts hinzuzufügen. Wir sehen uns morgen bei Baptiste. Punkt!»

«Punkt? Das soll alles sein? Du willst doch nicht behaupten, dass es dich kaltgelassen hat, nach so langer Zeit deine einzige Liebe wiederzusehen. Das kannst du mir nicht weismachen. Wie viel Kilos hast du in der letzten Woche abgenommen?»

«Was? Ich weiß nicht. Zwei vielleicht. Warum?»

«Wegen der Liebe, Schwesterchen. Die Liebe ist schuld daran!», fuhr Lili unbeeindruckt fröhlich fort.

«Ich lerne morgen Jessica kennen und brauche dich, damit ich keinen Fauxpas begehe. *Please*», versuchte Rose, das Thema zu wechseln.

«Wie polyglott! Ich stelle fest, dass du nun für deine Schwiegertochter bereit bist ...»

«Ach Mist, ich bin so durch den Wind, dass ich daran gar nicht gedacht habe. Dann muss ich ja Englisch sprechen. Ich werde mich neben Pierre und Baptiste absolut lächerlich machen! Warum, um Himmels willen, gerate ausgerechnet ich immer wieder in diese unmöglichen Situationen?»

Dreikäsehoch

Rose war extrem nervös. Der Tag, auf den sie seit Monaten gewartet hatte, war endlich gekommen. Sie würde als junge Großmutter ihren winzigen Enkel in den Armen halten. Die Nase in seinen Hals drücken und seinen süßen Duft einatmen. Zärtlich an den kleinen Fingern knabbern.

Die schwersten Prüfungen bestand man schlussendlich häufig überraschend gut. Dennoch tat Rose, wie so oft, wenn sie aufgeregt war, in der Nacht kein Auge zu. Dafür war sie viel zu ungeduldig und besorgt, auch wenn Baptiste ihnen den Weg geebnet hatte. Rose und Pierre sollten zu Jessicas Eltern kommen, die aber nicht anwesend sein würden. Dennoch würden sie die beiden Menschen kennenlernen, die im Leben ihres Sohnes inzwischen bedeutender waren als jeder andere: Jessica und das Baby. Alles Weitere musste sich ergeben. Sogar Merkur und Jupiter waren einverstanden mit ihrem Vorsatz, eins nach dem anderen anzugehen.

Das Haus, in dem Jessica und ihre Familie lebten, befand sich im Pariser Westen, unweit des edlen Racing-Clubs, der in Véroniques Leben eine so wichtige Rolle spielte. Rose war mit der Métro gekommen und ging den Rest zu Fuß. Pierre würde sie vor der Haustür treffen. Vor dem hohen Eingangsportal stellte sie jedoch fest, dass der Weg durch den privaten Park bis zur Tür noch einmal fast genauso weit wäre wie von der Station bis hierher.

In der Hand hielt sie ein kleines Päckchen. Ihr Geschenk für das Baby. Das war ihr sehr wichtig. Jessica und Baptiste hatte sie auch eine Kleinigkeit mitbringen wollen und sich lange den Kopf zerbrochen, um etwas möglichst Persönliches zu finden, bis sie sich schließlich für etwas entschieden hatte, womit sie hoffentlich genau ins Schwarze traf.

Sie stellte sich vor die Gegensprechanlage, die mit einer Kamera ausgestattet war, und wollte gerade klingeln, als sich das Tor bereits von selbst öffnete. Rose war durch ihre Arbeit schon bei einigen wohlhabenden Familien gewesen, doch gerade betrat sie eine Welt, die sich noch eine Stufe darüber befand. Warum musste sie sich mit diesen Leuten abgeben, mit denen sie niemals auf Augenhöhe sein würde? Wenn allerdings ihr Sohn und ihr Enkelsohn davon profitierten, sollte es ihr nur recht sein, solange sie nicht die Bodenhaftung verloren.

Je weiter sie ging, desto größer schien das Anwesen zu werden. Wie viele Zimmer es in dem Haus wohl gab? Und wie viele Leute wohl für die Familie arbeiteten? Während sie die Stufen der Außentreppe hinaufstieg, kam hinter ihr eine schwarze Limousine zum Stehen.

Elegant entstieg ihr ein Herr, in dem sie Pierre erkannte. Er trug feinsten Zwirn. Rose lächelte verhalten. Dies war ein wichtiger Tag für sie, und sie war froh, dass der Vater ihres Sohnes nicht im letzten Moment kalte Füße bekommen hatte.

Pierre sah sie an. «Bist du bereit, ‹unsere› kleine Familie kennenzulernen?» Mit diesen Worten hakte er sie unter, und gemeinsam betraten sie den Eingangsbereich, in dem ein riesiger, sehr geschmackvoll geschmückter Weihnachtsbaum stand. Dann erschien auch schon Baptiste, der einen unfassbar süßen, friedlich schlafenden Säugling im Arm hielt.

«Darf ich euch Justin vorstellen?» Er bewegte das Händchen des Kleinen und wandte sich dann an Rose. «Kommt mit in den Salon und setzt euch. Willst du ihn halten?»

Strahlend näherte sie sich dem kleinen rotblonden Justin. Als er sich klaglos von ihr auf den Arm nehmen ließ, verdrückte Rose eine Träne.

Nicht heulen, nicht von der ersten Sekunde an. Das fände Baptiste sicher peinlich, und vor allem kriegt der Kleine dann womöglich Angst ...

Sie hob den Kopf und sah, wie Pierre und Baptiste sich mit einer langen Umarmung begrüßten – eine Geste, so natürlich, als wäre Pierre tief in seinem Inneren schon immer da gewesen. Anschließend legte er Baptiste die Hand auf die Schulter und sagte einfach nur: «Glückwunsch, mein Großer!»

Es war schön, die beiden so zu erleben: Zwei Menschen, die sie bislang nur getrennt gekannt hatte, waren vor ihren Augen zum ersten Mal vereint. Und was noch besser war, das Schlimmste lag bereits hinter ihnen.

Rose wurde klar, dass ihr Leben nie mehr so sein würde wie zuvor. Dass sie tatsächlich mit siebenunddreißig Jahren Großmutter geworden war. Etwas Vollkommeneres als das kleine Wesen in ihrem Arm konnte sie sich nicht vorstellen, und während sie an all die Prüfungen dachte, die sie hatte bestehen müssen, kam sie zu dem Schluss, dass man dieses Auf und Ab offensichtlich brauchte, um das Glück wirklich schätzen zu können. Was sie im Augenblick empfand, ließ sich nicht in Worte fassen.

Die Planeten standen, wie es schien, endlich günstig für sie. Vielleicht aber auch nicht. Sie glaubte nicht mehr daran. Die schönsten Dinge im Leben geschahen oft unerwartet.

«Pierre, du nimmst es mir doch nicht übel, wenn ich dich nicht Papa nenne, sondern gleich Opa?», unterbrach Baptiste die Stille. «War nur ein Scherz. Ich freue mich, dass du mitgekommen bist.»

Rose lächelte schweigend. Nein, sie würde nichts dazu sagen. Achtzehn Jahre – und sie wartete noch immer darauf, dass er einmal «Mama» zu ihr sagte. Aber sie wollte den Moment nicht verderben. Und dass es noch ein wenig dauern würde, bis Pierre sich die Anrede verdient hatte, war nur normal. Man musste den Dingen Zeit geben, dann würde sich schon alles fügen.

Justin roch so gut. Leise murmelte Rose ihm Liebesbekundungen ins Ohr und verpasste ihm mehrere dicke Schmatzer auf den Hals. Sie war sich sicher, dass der Kleine lächelte. Rose genoss es aus ganzem Herzen.

Nach einigen Minuten, in denen sie das Gefühl hatte, mit dem schönsten Geschenk des Lebens ganz allein auf der Welt zu sein, fiel ihr endlich auf, dass sie die junge Mutter ja noch gar nicht begrüßt hatten.

«Wo ist eigentlich Jessica? Ich würde sie gern kennenlernen. Und ich habe auch ein kleines Geschenk für euch.»

«Ich habe euch etwas mitgebracht», schloss sich Pierre an, «wenn ich allerdings genauer darüber nachdenke, ist es eigentlich nur für dich, Baptiste.»

«Warten wir auf Jessica. Sie ist gleich da, sie macht sich nur eben fertig. Ach, da ist sie ja.»

In einem Kleid, das die Knie locker umspielte, kam sie die Treppe hinunter. Ihr Haar trug sie offen. Sie war wirklich atemberaubend schön. Ein wenig erinnerte sie Rose an die Schauspielerin Jessica Chastain. Plötzlich verstand sie, dass ihr Sohn gar nicht anders gekonnt hatte, als sich auf der Stelle in diese bezaubernde junge Frau zu verlieben. Ihr war kaum anzusehen, dass sie gerade erst entbunden hatte. Nur im Gesicht wirkte sie ein wenig müde.

Ehe sie gemeinsam in den Salon gingen, reichte Rose Jessica ihr Kind und schüttelte ihr dabei höflich die Hand – das war der einzige Rat, den ihre Schwester Lili ihr gegeben hatte: *Mit Engländern nicht gleich allzu vertraut werden. Keine Küsschen, nur freundlich die Hand geben und dabei lächeln. Dazu ein kleines Geschenk, schon ist die Sache geritzt.*

«Jessica – das sind meine Eltern, meine Mutter Rose und mein Vater Pierre. Für mich ist es das erste Mal, dass ich sie zusammen erlebe, und es ist noch sehr ungewohnt. Aber ich freue mich wirklich sehr, dass ihr beide da seid», sagte Baptiste.

«Ich auch», bekräftigte Jessica mit einem Akzent wie Jane Birkin. «Ich weiß, wie wichtig das für Baptiste ist. Danke also, dass Sie gekommen sind.»

«Sehr gern, wir danken für die Einladung», erwiderte Pierre. «Wir haben euch dreien etwas mitgebracht. Eigentlich ist ja noch nicht ganz Weihnachten, aber Justin wird sich daran nicht stören. Fangen wir an?»

Rose überreichte das kleine Stofftier, das sie für Justin besorgt hatte, und Jessica bedankte sich herzlich für das äußerst süße kleine Häschen.

«Das ist noch nicht alles. Für Sie und Baptiste habe ich auch etwas. *If I may, can I hold Justin in the meantime?*», murmelte Rose leise. «Darf ich ihn so lange halten?», beeilte sie sich dann, auf Französisch zu wiederholen, da sie sich sicher war, dass niemand sie verstanden hatte. Bevor sie Justin nahm, reichte sie Baptiste noch schnell ein kleines Päckchen.

«Seit wann sprichst du denn so gut Englisch?», fragte er erstaunt. «Arbeitest du im Moment für eine ausländische Familie?»

Rose errötete. «Nein, aber da Jessica Engländerin ist, dachte ich mir, als Schwiegermutter, und bald auch für

Justin, sollte ich mich ein bisschen anstrengen ... Außerdem habe ich ein wenig Hilfe bekommen. Also, das Geschenk?»

«Wenn das mal kein Buch ist», sagte Baptiste grinsend.

«Mach's auf, dann wirst du es sehen.»

Baptiste riss die Verpackung auf, und es kam etwas zum Vorschein, das tatsächlich aussah wie ein Buch. Doch als er es öffnete, stieß er verblüfft auf unzählige Fotos. Von sich. In jedem Alter.

Als Baby beim Baden, als kleiner Junge auf dem Karussell, als eifriger Schüler vor der Schule, im Urlaub am Meer und in London vor Big Ben, als Teenager mit seinen Freunden Freddy, Thierry und Wille, und noch ein wenig später im Anzug zu Beginn der Hotelfachausbildung.

«Ich wusste gar nicht, dass es so viele Fotos von mir gibt.»

«Die Idee hatte ich schon lange. Ursprünglich hatte ich dir so etwas schon zum achtzehnten Geburtstag schenken wollen, aber da war nicht genug Zeit, und nun fiel es mir wieder ein ... Ich wusste, dass du dich darüber freuen würdest, da du dich ja nicht an deine eigene süße Babyschnute erinnern kannst.»

«Das Album ist genial. Wenn's geht, hätte ich auch gern so eins», bat Pierre, der seinen Sohn mit jeder Seite älter werden sah.

«Es liegt noch bei Lili, aber ja, für dich habe ich auch eins gemacht. Jetzt, da die Familie größer geworden ist, sollten wir über einen zweiten Band nachdenken.»

«Das war wirklich eine tolle Idee, Rose!», schloss sich auch Jessica an.

«Apropos verlorene Zeit aufholen», sagte Pierre dann. «Ich habe ebenfalls ein Geschenk für dich, Baptiste. Ich hoffe sehr, dass du dich darüber freust. Mehr sage ich nicht, sonst kommen mir noch die Tränen ...»

Baptiste nahm das Kuvert, das Pierre ihm reichte, zog ein Schreiben daraus hervor und faltete es auseinander. Nachdem er es überflogen hatte, blickte er ungläubig auf. «Das ist eine Anerkennung der Vaterschaft. Meinst du das ernst? Ich habe einen Vater? Offiziell?»

«Ja, natürlich nur, wenn du einverstanden bist», erwiderte Pierre verunsichert.

Baptiste sprang auf und umarmte seinen Vater, den er nur zu gern Teil seines Lebens werden lassen wollte – diesen Vater, der ihm so sehr gefehlt hatte.

«Wir wollten euch auch etwas fragen, euch beide», sagte Baptiste schließlich. «Und ich hoffe, dass du dieses Mal nicht ohnmächtig wirst, *Mama.* Habt ihr, Pierre und du, im nächsten Jahr am 15. Mai schon was vor? Jessica und ich, wir werden nämlich heiraten.»

Rose lächelte selig. Die Nachricht von der Hochzeit war noch kaum zu ihr durchgedrungen, da sie vor lauter Emotionen nicht klar denken konnte. Sie wollte diesen Moment ewig festhalten – den magischen Moment im Leben einer Mutter, in dem ihr Sohn zum ersten Mal «Mama» zu ihr gesagt hatte.

Das Beste kommt noch

Den 31. Dezember verbrachte Rose bei Pierre. Im Radio wurden nach wie vor Weihnachtslieder gespielt, und sie hatten in ihrer Rolle als Großeltern die Verantwortung übernommen, sich ein ganzes Wochenende lang um Justin zu kümmern. Rose wäre an diesem Abend lieber an einem neutraleren Ort gewesen, bei ihrer Schwester zum Beispiel, aber Lili hatte ein Rendezvous.

Jessica und Baptiste gönnten sich zum ersten Mal seit Justins Geburt ein wenig Zeit zu zweit und hatten deshalb Rose und Pierre um Hilfe gebeten. Jessicas Eltern waren unterwegs auf einer Tour durch ihre auf der ganzen Welt verteilten Hotels, bei der sich der Vater als Generaldirektor verabschieden wollte.

Rose hatte gekocht, und als sie mit dem Essen fertig waren, sagte Pierre etwas, von dem sie nie geglaubt hätte, es je in ihrem Leben zu hören: «Hmm, war das köstlich. Ich wusste gar nicht, dass du so gut kochen kannst.»

«Ach, das ist doch nicht der Rede wert. Eine Dorade zuzubereiten ist total *easy.*»

Danke, Colette! Du hattest recht, meine gute Fee!

Anschließend erwähnte er noch die guten Vorsätze

für das neue Jahr, und Rose hätte ihm gern geantwortet, dass sie nie auch nur einen in die Tat umsetzte.

Pluto konnte das bestätigen.

Danach überließ Pierre, ganz Gentleman, Rose sein Bett und richtete für sich selbst das Sofa her.

In der Nacht tat Rose kein Auge zu. Als sie um 4:53 Uhr auf die Uhr schaute, wusste sie selbst nicht, ob es die Verantwortung für das Baby war, die sie so stark belastete, oder die physische Nähe ihres ersten Liebhabers, der im Nebenzimmer lag. Vielleicht hielten sie auch die Gedanken an die große Aufgabe wach, die Baptiste und Jessica bevorstand.

Wahrscheinlich waren es alle drei Dinge zusammen.

Die Flut der guten Nachrichten in den letzten Wochen bildete einen derart scharfen Kontrast zu der Abfolge all der Katastrophen des vergangenen Jahres, dass Rose glaubte, sich in einem Traum zu befinden. Baptiste und Jessica würden die Leitung eines der Pariser Hotels ihres Vaters übernehmen, der ihnen großes Vertrauen schenkte. Bewundernd stellte Rose fest, wie mutig und engagiert Baptiste offenbar seinen Wert und seine Fähigkeiten unter Beweis gestellt hatte, dass ihm diese Aufgabe übertragen wurde. Sie war sehr stolz auf ihn.

Gut an der beruflichen Entwicklung des Paares war außerdem, dass sie sich nicht um die finanzielle Zukunft ihres Sohnes sorgen musste und unbeschwert ihre Ausbildung als Krankenschwester fortsetzen konnte, die sie vor kurzem wiederaufgenommen hatte.

Bis dorthin, wo er nun stand, war es allerdings auch für Baptiste ein weiter Weg gewesen. Jessicas Eltern hatten sich anfangs nicht gerade begeistert gezeigt von der frühen Schwangerschaft ihrer einzigen Tochter und ihrer Beziehung zu einem Mann aus kleinen Verhältnissen, der sich von der Verbindung sicher nur einen Karrieresprung erhoffte. Zu Beginn hatten die beiden nicht auf ihre Unterstützung zählen können. Baptiste hatte Doppelschichten geschoben, um zu zeigen, wie gut er arbeitete, bis sie ihn schließlich akzeptierten.

Gedankenverloren nahm Rose wahr, dass sich das Baby meldete. Wahrscheinlich war es nun Zeit für sein Fläschchen, dachte sie. Noch ganz benommen nahm sie ihren Enkel auf den Arm. Neben ihm lag Lapinou – eine symbolische Geste, die Rose viel bedeutete. Während sie ihre Nase in Justins Hals vergrub und ihn liebkoste (von dem Geruch konnte sie nie genug bekommen), näherte sich Pierre auf leisen Sohlen mit dem Fläschchen, das er bereits vorbereitet hatte. Sie überließ es ihm, es Justin zu geben. Als er genüsslich im Arm seines Großvaters trank, der sich mit ihm in einen kleinen Sessel gesetzt hatte, stellte Rose amüsiert fest: «Du willst wohl aufholen, was du verpasst hast?»

«Als Team sind wir nicht schlecht, oder?»

«Stimmt!»

«Wie wär es, wenn wir aus diesem Team etwas Dauerhaftes machten ...»

Rose merkte, wie sie errötete.

Es war einmal …

Rose war gerührt, als sie Colette kommen sah.

«Eine Hochzeit in einem so schönen Ambiente kann man sich ja nicht entgehen lassen.»

Sie fielen sich in die Arme.

Die Dekoration der Bänke und der Laube war wunderschön. Laurent hatte eine phantastische Arbeit geleistet, den kleinen Garten auf Colettes Dach für den Anlass herzurichten.

Im nächsten Moment wurde Rose jedoch gleich wieder nervös. Alles sollte perfekt sein, aber Pierre war noch nicht da, und sie fragte sich, wo er blieb. Als Colette die Besorgnis in ihrem Gesicht sah, hakte sie Rose kurzerhand unter, um mit ihr bei einem kleinen Spaziergang Neuigkeiten auszutauschen – und um Rose auf andere Gedanken zu bringen.

Der berühmte Tritt in den Hintern, damit sie sich vor dem großen Augenblick ein wenig entspannte.

Bei den Lupins hatte sich in den letzten Monaten, seit Rose nicht mehr bei ihnen arbeitete, einiges getan. Die Verhältnisse hatten sich verschoben.

Während ihr Aufenthalt im Sanatorium Colette mit

der Außenwelt versöhnt hatte, verhielt es sich bei ihrer Tochter genau andersherum.

Seit man mit dem Bau des Obdachlosenzentrums begonnen hatte und ganze Familien zu den übergangsweise aufgestellten Containern kamen, um sich etwas zu essen zu holen, fühlte sich Véronique «kontaminiert». Es schüttelte sie regelrecht, während sie die meiste Zeit auf dem Sofa verbrachte. Sie fürchtete ihre neuen Nachbarn so sehr, dass sie sich weigerte, aus dem Haus zu gehen.

Colette hatte nach einer Weile in ihr Apartment zurückkehren können, hielt es aber nur schwer aus, ihre Tochter unten jammern, stöhnen und sich unruhig im Salon hin und her wälzen zu hören. Deshalb verbrachte sie die meiste Zeit entweder in dem geheimen Garten, im Park, in Edgars Café oder im Außenbereich der Klinik, in der man regelmäßig ihren Blutdruck überprüfte. Auf diese Weise stritten sich Mutter und Tochter wenigstens nicht mehr. Fast nicht jedenfalls ...

Einmal im Monat, jeweils am Mittwochabend, empfing Colette einen besonderen Gast: Rose. Das Ziel dieser Abende war klar, sie wollten sich amüsieren. Rose brachte immer ein Hauptgericht mit, das sie nach einem von Colettes Rezepten zubereitet hatte (und musste sich regelmäßig für die kulinarischen Freiheiten, die sie sich nahm, rügen lassen), und die alte Dame war für das Dessert verantwortlich. Einzige Bedingung war, dass ausschließlich französische Spezialitäten serviert werden durften – um die Erwartungen des Gasts zu erfüllen, der regelmäßig mit eingeladen wurde: eine redselige Couchsurferin, die Colette persönlich ausgesucht hatte.

Auf diese Weise verbesserte Rose weiter ihr Englisch und hatte inzwischen keine Hemmungen mehr, zu sprechen oder Fehler zu machen. Sie wusste, dass sie sich verständlich machen konnte.

Pierre wurde zu diesen Abenden nicht eingeladen, was den beiden Frauen die Möglichkeit gab, über ihn zu sprechen, aber natürlich auch über den neuesten Klatsch aus dem Viertel, für den sich Colette wieder mehr und mehr interessierte und zu dessen Verbreitung sie selbst nicht wenig beitrug. Außerdem sprachen sie über Lili und ihre neuesten Marotten und über Baptiste und den kleinen Justin, der inzwischen auf zwei Sprachen zu brabbeln begonnen hatte.

Besonders überraschend war, wie sehr Pépette Colette ans Herz gewachsen war. Rose freute sich jedes Mal, die kleine Hündin zu sehen, blieb aber wegen ihrer Allergie nach wie vor auf Abstand. Was allerdings die Ernährung des kleinen Spitzes anging, war die Mutter nicht besser als ihre Tochter. Nachdem Rose eine tiergerechte Ernährung eingeführt hatte, kochte Colette nach wie vor jeden Tag für zwei ...

Und sie lebten glücklich ...

Die Gäste nahmen auf der Dachterrasse Platz. Alle freuten sich auf die kleine, intime Hochzeitsfeier. Die Sonne schien, und sie waren fein gekleidet, insbesondere der kleine Justin sah entzückend aus in seinem weißen Polohemd und der winzigen beigefarbenen Hose. Pépette, die sichtbar runder geworden war, hatte es sich auf einem Kissen bequem gemacht. Später noch Kunststücke vorzuführen hatte sie offensichtlich nicht vor ...

Die Zeremonie konnte beginnen.

Jeder Platz war besetzt. Die engsten Freunde waren gekommen, und die Händler aus Les Batignolles waren natürlich auch da. Rose stand neben Lili. Auf der anderen Seite warteten Pierre und Baptiste. Rose wollte sich auf keinen Fall anmerken lassen, wie angespannt sie war. Lili hingegen fiel es schwer, ernst zu bleiben, und sie piesackte ihre Schwester: «Und wenn er nein sagt?»

«Beschwör es nicht herauf!»

«Du weißt ..., dass Heiraten ansteckend ist?»

«Für wen?», fragte Rose verblüfft.

«Na, für mich natürlich! Und Edgar scheint nicht abgeneigt ...»

«Nun mal langsam, ihr Turteltäubchen, ihr seid doch noch nicht einmal ein halbes Jahr zusammen. Haben die vielen Scheidungen, mit denen du beruflich zu tun hattest, deine Begeisterung für die Ehe nicht abkühlen lassen?»

«Ich bin heißer als die Lava des Eyjafjalla ... wie auch immer ...»

«Warum sagst du nicht einfach ‹Vulkan›?»

Lili lächelte gequält und bediente sich heimlich bei den Petit Fours, die mit Foie gras gefüllt waren. «So meinte ich das nicht, auch wenn es nicht falsch ist. Hmm, ich hatte ganz vergessen, wie gut diese Dinger schmecken. Eins gönn ich mir noch, dann hör ich auch auf. Rose, ich glaube, dein Typ wird verlangt ...»

Baptiste winkte sie heran, während der kleine Justin ebenfalls mit den Händen in der Luft herumfuchtelte. Es sah aus, als würde er auf die Notausgänge in einem Flugzeug zeigen.

Er ist aber auch zu süß, der Kleine. Er ist wirklich mein ganz großer Schatz. Ich liebe ihn bis zum Himmel und zurück.

«Mama, komm, wir wollen jetzt ein Familienfoto machen!»

Rose fand es immer noch seltsam, gemeinsam mit Pierre an Baptistes Seite zu stehen. Stolz wie Oskar hielt der seinen Sohn im Arm, die Großeltern positionierten sich links und rechts von ihm. Jessicas Familie hatte dieser kleinen Feier in Frankreich sofort zugestimmt, da sie ohnehin noch ein rauschendes Fest auf ihrem Anwesen in England planten.

Wahrscheinlich haben sie mal eben den gesamten Buckingham Palace dazu eingeladen.

Natürlich würden Rose und Pierre auch dort dabei sein, und Rose würde zu diesem Anlass zum ersten Mal in ihrem Leben ein Flugzeug besteigen, was ihr mehr Sorgen bereitete, als ein ganzes Wochenende lang Englisch sprechen zu müssen.

Pépette scharwenzelte um die Torte herum, und Rose warf ihr warnende Blicke zu, aber die von ihr zubereitete Erdbeer-Charlotte schien einfach zu verlockend für das kleine vierbeinige Leckermäulchen zu sein. Als die Entscheidung für diese Torte gefallen war, hatte Rose natürlich an Véronique denken müssen. Diese war allerdings nicht eingeladen. Pépette sprang also hoch und ... landete bäuchlings in Colettes Gemüsegarten. Sie war sichtbar aus der Übung und bewegte sich nicht mehr genug, seit Rose Besseres zu tun hatte.

Sofort griff Colette nach dem Gartenschlauch und spritzte die kleine Hündin ab, die voller Erde war – alte Gewohnheiten gab man nicht so leicht auf –, worauf sich diese in einem Affenzahn aus dem Staub machte. Als Rose mit ihr noch regelmäßig um den Block gegangen war, hatte sie Pépette nie so schnell laufen sehen. Anscheinend tat es ihr gut, nun neben der überkandidelten Véronique auch die eigensinnige Colette als Frauchen zu haben.

Als die Fotosession beendet war, trat Lili wieder zu Rose und flüsterte ihr ins Ohr: «Ist Pierre nicht eifersüchtig auf dein Kuscheltier, das du im Bett hast?»

«Lapinou zieht sich bei Bedarf zurück, es ist also kein Problem, wenn du's genau wissen willst.»

«Aber dieses Mal hast du nicht vergessen, den Vater zu informieren?»

«Wovon sprichst du?», fragte Rose.

«Mir kannst du doch nichts vormachen! Willst du es mir noch immer nicht verraten? Wird es ein Junge oder ein Mädchen?»

Rose streckte ihrer Schwester die Zunge raus und blickte dann zärtlich zu Pierre, der gerade über einen Witz seines Sohns lachte. Mit einem geheimnisvollen Lächeln strich sie sich über den Bauch und sagte nur: «Immer sachte mit den jungen Pferden! Das ist eine andere Geschichte ...»

And last, but not least ...

Da auch in einem Brief die letzten Worte oft die schönsten sind, weil sie von Herzen kommen, möchte ich sie direkt an Sie, liebe Leserinnen und Leser, richten, gleichzeitig aber auch an die Frau, die mir jedes einzelne Wort dieses Romans hätte zuflüstern können.

Die Geschichte für dieses Buch hatte ich schon lange im Kopf. Viele Ideen habe ich dann auch so übernommen, doch das Schreiben ging auch mit viel Neuem einher: meinem Baby Gaspard, der bequemen Bank der Pâtisserie des Rêves in Mailand, jazziger Hintergrundmusik, nicht wenigen Stücken von Zitronentarte und *galette des rois*, literweise Mineralwasser und endlos vielen Cappuccinos mit Milchschaumherz.

In die Zeit fiel außerdem der überraschende Erfolg der Taschenbuchausgabe meines ersten Romans, der Tausende von rührenden Nachrichten von Ihnen, liebe Leserinnen und Leser, mit sich brachte. Für den Zuspruch, den ich von Ihnen erfahre, könnte ich Hunderte Romane schreiben. Bitte hören Sie nie damit auf. Manchmal würde ich zu gern Mäuschen spielen, wenn Sie meine Bücher in der Hand halten. Sie sind wie eine

Flaschenpost: Ich weiß, dass Sie außerordentliche Dinge erleben, und dank Ihrer E-Mails erfahre ich dann auch, wie diese konkret aussehen – dass beispielsweise einer meiner Titel zum ersten Buch Ihres Lebens geworden ist und dass ein anderer Titel Sie veranlasst hat, zum ersten Mal eine richtige Buchhandlung zu betreten. Ich weiß jetzt, mit welchem Buch Sie Ihre Kinder Diktat üben lassen und durch welches Sie wieder Zugang zum Lesen oder zu alten Verbündeten gefunden haben. Das alles rührt mich und macht mich sehr stolz. Ich kann nicht mehr jede Nachricht beantworten, weil ich sonst nicht zum Schreiben käme, aber ich kann Ihnen versichern, dass ich sie ausnahmslos alle lese. (Sie haben dieselbe E-Mail-Adresse, die auch meine Mutter und meine Lektorin verwenden, mit denen ich unweigerlich regelmäßig in Kontakt bin.)

Mein erster Dank gilt natürlich all jenen, die mich auf diesem unglaublichen Abenteuer begleiten: meinem Mann, meinen Kindern, meiner Familie, meinen Freunden, meiner Lektorin Alexandrine Duhin, den Teams bei Fayard und Livre de poche, den Buchhändlerinnen und Buchhändlern – und Ihnen, meinen wunderbaren Leserinnen und Lesern.

Dieser Roman soll eine Verschnaufpause sein, ein besonderes Dankeschön in einer Welt, die sich immer schneller zu drehen scheint. Ein «Immer sachte mit den jungen Pferden», um sich klarzuwerden, was wirklich zählt im Leben. Er soll als Aufruf dienen, das Gespräch mit den Menschen zu suchen, die einem etwas bedeuten.

Ich habe diese Geschichte über eine Mutter-Kind-Beziehung angefangen zu schreiben, als ich schwanger war, und heute ist mein kleiner Gaspard bereits zehn Monate alt und hat sechs Zähne. Er wächst so schnell, dass man dabei zusehen kann. Von meinem Großen, Jules, der fast fünf Jahre alt ist, ganz zu schweigen. Er benimmt sich fast wie ein Teenager und verbringt Stunden mit Büchern und Musik in seinem Zimmer. Ich versuche, so viel wie möglich mit den beiden zusammen zu sein, was wegen der Arbeit nicht immer leichtfällt. Aber die Zeit vergeht so schnell!

Deshalb habe ich mich gefragt, wie ich reagieren werde, wenn meine Kinder flügge sind, wenn ich weiß, dass ich nur noch wenige Monate mit ihnen unter einem Dach leben werde. Oder wenn sie mir womöglich sogar zuvorkommen und gehen, ohne dass ich mich darauf vorbereiten kann? Ich selbst habe diese Erfahrung noch nicht gemacht, aber eine mir nahestehende Person hat das mit mir selbst erlebt …

Ich habe meinen beiden Eltern viel zu verdanken, insbesondere weil sie mir wichtige Werte vermittelt haben, und jede Geschichte, die mich umtreibt und die ich mit Ihnen, liebe Leserinnen und Leser, teile, ist der Erziehung und Ausbildung geschuldet, die sie mir haben angedeihen lassen.

Genau wie Baptiste habe ich zu meiner Mutter nie «Mama» gesagt. Wie es der Zufall will, war sie ebenfalls Tagesmutter und wollte ihre Sache natürlich gut machen. Dazu gehörte auch bei ihr, unbedingt den Eindruck zu vermeiden, sie würde ihre Tochter den anderen Kindern vorziehen.

Ihr widme ich diese Geschichte einer Eltern-Kind-Liebe und einer zweiten Chance.

Danke, dass du mich großgezogen und dafür gesorgt hast, dass es meinem Bruder und mir an nichts mangelte (das ist sicher der Grund, warum er noch immer zu Hause wohnt), dass du sehr früh an mein Verantwortungsgefühl appelliert hast (das ist allerdings ein zweischneidiges Schwert, da es einen aufbrausenden Charakter fördert!), dass ich bei dir gelernt habe, mit Geld umzugehen und wie wichtig gute Bildung ist.

Da sich viele Dinge leichter schreiben als sagen lassen, möchte ich mich gern auf diesem Weg bei dir entschuldigen. Es tut mir leid, dass ich oft nicht zur Verfügung stand, wenn du es gern gehabt hättest, dass ich weit weggezogen bin, dass ich dich wachhalte, weil du dich noch immer um mich sorgst. Es tut mir leid, dass ich nicht geduldig genug bin, dass ich dich verbessere, wenn du «Pikswasser» sagst, dass ich nur selten mit dir in den Urlaub fahre und dir gegenüber nach wie vor manchmal den Eindruck vermittele, ich hätte mir ein schöneres Leben erhofft.

Ich bin jetzt erwachsen, Mama, und nun bin ich diejenige, die «Pikswasser» sagt (auch ohne Kinder). Also, denk daran, dass dieser Roman auch die Geschichte einer zweiten Chance ist und daran erinnern soll, dass es sinnlos ist, den Kopf hängenzulassen, selbst wenn man noch so sehr davon überzeugt ist, das Glas sei halb leer.

Vor einigen Tagen hat mir mein großer, fast fünfjähriger Jules seinen Bauchnabel gezeigt und mich gefragt, ob ich auch einen hätte. Außerdem wollte er wissen, wozu der gut ist. Ich war schon fast dabei, es ihm sachlich zu erklären, als ich mich dafür entschied zu sagen: «Damit du immer ein Andenken an deine Mama bei dir hast, selbst wenn sie gerade nicht da ist.»

Danke für alles, Mama.

Aurélie Valognes

Die Schwiegertöchter des Monsieur Le Guennec

240 Seiten

Zu Weihnachten haben Jacques und Martine Le Guennec ihre drei Söhne zu sich in die Bretagne eingeladen – und ihre Schwiegertöchter. Damit fängt der Stress an. Denn Jacques ist ein exzentrischer Despot und bringt seine Familie regelmäßig auf die Palme. Aber wieso nörgeln die Frauen seiner Söhne auch ständig an ihm herum und nehmen keine Rücksicht?
Grund genug für schlechte Laune.
Bis Martine Jacques ein Ultimatum stellt: Entweder er akzeptiert seine Schwiegertöchter endlich – oder sie zieht aus. Die Sommerferien mit der Familie scheinen Jacques' letzte Chance, Frieden zu schließen.